D0533176

»Man denke sich den folgenden dichterischen Charakter. Ein Mann, edel und leidenschaftlich, aber auf irgendeine Weise gezeichnet und in seinem Gemüt eine dunkle Ausnahme unter den Regelrechten... vornehm als Ausnahme, aber unvornehm als Leidender, einsam, ausgeschlossen vom Glücke, von der Bummelei des Glücks und ganz und gar auf die Leistung gestellt.« Was Thomas Mann 1907 noch auf Shakespeares ›Othello‹ bezog, gestaltete er selbst vier Jahre später zu Gustav Aschenbach in dieser »Novelle gewagten, wenn nicht unmöglichen Gegenstandes«, vom plötzlichen »Einbruch der Leidenschaft« in einen homo-erotisch veranlagten Menschen. Der nicht mehr junge Schriftsteller Gustav Aschenbach – mit den Gesichtszügen Gustav Mahlers – entdeckt für sich am Lido des schwül-warmen Venedig die Gestalt des apollinisch schönen Knaben Tadzio und strebt in seinen Gedanken zu ihm, steigert sich in eine unerfüllbare Liebe und verspielt damit, nach einem Wort von Heinrich Mann, »was ihm das wünschens-werteste schien«.

Ohne seine eigene Intention zu verbergen, erklärte Thomas Mann später (1920 an Carl Maria Weber) Gustav Aschenbachs Sehnen nach Tadzio: »*Es ist das Problem der Schönheit*, daß der Geist das Leben, das Leben aber den Geist als ›Schönheit‹ empfindet«, denn »der Geist, welcher liebt, ist nicht fanatisch... er wirbt, und sein Werben ist erotische Ironie...« Er wollte seine Novelle verstanden wissen als »Übersetzung eines schönsten Liebesgedichtes der Welt ins Kritisch-Prosaische, des Gedichtes, dessen Schlußstrophe beginnt: ›Wer das Tiefste *gedacht*, liebt das *Lebendigste*.‹« (Hölderlin, ›Sokrates und Alkibiades‹)

Thomas Mann wurde am 6. Juni 1875 in Lübeck geboren. Der frühe Tod des Vaters – »sein Bild hat immer im Hintergrund gestanden all meines Tuns« – ließ ihn mit der Mutter und den Geschwistern nach München ziehen. Die augenfälligen und die ideellen Eindrücke dieser frühen Jahre fanden ihren Niederschlag zunächst im ersten, genialen, 1929 mit dem Nobelpreis ausgezeichneten Roman ›Buddenbrooks‹ und, gegen Ende seines Lebens, gefiltert, erweitert, erfahren, im ›Doktor Faustus‹. Bewußte Ordnung charakterisiert Thomas Manns Leben und Schreiben. »Meine Bücher« – die genannten und ›Königliche Hoheit‹, ›Der Zauberberg‹, ›Joseph und seine Brüder‹, ›Lotte in Weimar‹, ›Der Erwählte‹, ›Bekenntnisse des Hochstaplers Felix Krull‹ – »meine Bücher sind unverkennbar deutsch, bestimmt von deutscher Tradition, wie sonderbar immer diese Tradition darin abgewandelt scheinen mag.« Dies gilt ebenso für die Fülle seiner Erzählungen und Aufsätze aus der Zeit in Deutschland, den Jahren im Exil, den Jahren der Rückkehr nach Europa. Am 12. August 1955 ist Thomas Mann in Zürich gestorben.

Unsere Adressen im Internet: www.fischerverlage.de
www.thomasmann.de

Thomas Mann
Der Tod in Venedig
Novelle

Fischer
Taschenbuch
Verlag

22. Auflage: Oktober 2010

Der Text wurde anhand der Ausgabe
Berlin, S. Fischer Verlag 1913, neu durchgesehen

Ungekürzte Ausgabe
Veröffentlicht im Fischer Taschenbuch Verlag,
einem Unternehmen der S. Fischer Verlag GmbH,
Frankfurt am Main, Juli 1992
© Katia Mann 1966, 1967
Gesamtherstellung: CPI – Clausen & Bosse, Leck
Printed in Germany
ISBN 978-3-596-11266-1

Der Tod in Venedig

Erstes Kapitel

Gustav Aschenbach oder von Aschenbach, wie seit
seinem fünfzigsten Geburtstag amtlich sein Name
lautete, hatte an einem Frühlingsnachmittag des
Jahres 19.., das unserem Kontinent monatelang
eine so gefahrdrohende Miene zeigte, von seiner
Wohnung in der Prinz-Regentenstraße zu München aus allein einen weiteren Spaziergang unter-
nommen. Überreizt von der schwierigen und ge-
fährlichen, eben jetzt eine höchste Behutsamkeit,
Umsicht, Eindringlichkeit und Genauigkeit des
Willens erfordernden Arbeit der Vormittagsstunden, hatte der Schriftsteller dem Fortschwingen
des produzierenden Triebwerkes in seinem Innern,
jenem »motus animi continuus«, worin nach Ci-
cero das Wesen der Beredsamkeit besteht, auch
nach der Mittagsmahlzeit nicht Einhalt zu tun vermocht und den entlastenden Schlummer nicht gefunden, der ihm, bei zunehmender Abnutzbarkeit
seiner Kräfte, einmal untertags so nötig war. So
hatte er bald nach dem Tee das Freie gesucht, in
der Hoffnung, daß Luft und Bewegung ihn wie-
derherstellen und ihm zu einem ersprießlichen
Abend verhelfen würden.

Es war Anfang Mai und, nach naßkalten Wochen,

ein falscher Hochsommer eingefallen. Der Englische Garten, obgleich nur erst zart belaubt, war
dumpfig wie im August und in der Nähe der Stadt
voller Wagen und Spaziergänger gewesen. Beim
Aumeister, wohin stillere und stillere Wege ihn
geführt, hatte Aschenbach eine kleine Weile den
volkstümlich belebten Wirtsgarten überblickt, an
dessen Rand einige Droschken und Equipagen
hielten, hatte von dort bei sinkender Sonne seinen
Heimweg außerhalb des Parks über die offene
Flur genommen und erwartete, da er sich müde
fühlte und über Föhring Gewitter drohte, am
Nördlichen Friedhof die Tram, die ihn in gerader
Linie zur Stadt zurückbringen sollte.

Zufällig fand er den Halteplatz und seine Umge-
bung von Menschen leer. Weder auf der gepflaster-
ten Ungererstraße, deren Schienengeleise sich einsam gleißend gegen Schwabing erstreckten, noch
auf der Föhringer Chaussee war ein Fuhrwerk zu
sehen; hinter den Zäunen der Steinmetzereien, wo
zu Kauf stehende Kreuze, Gedächtnistafeln und
Monumente ein zweites, unbehaustes Gräberfeld
bilden, regte sich nichts, und das byzantinische
Bauwerk der Aussegnungshalle gegenüber lag
schweigend im Abglanz des scheidenden Tages.
Ihre Stirnseite, mit griechischen Kreuzen und
hieratischen Schildereien in lichten Farben geschmückt, weist überdies symmetrisch angeord-

nete Inschriften in Goldlettern auf, ausgewählte,
das jenseitige Leben betreffende Schriftworte, wie
etwa: »Sie gehen ein in die Wohnung Gottes« oder:
»Das ewige Licht leuchte ihnen«; und der War-
tende hatte während einiger Minuten eine ernste
Zerstreuung darin gefunden, die Formeln abzu-
lesen und sein geistiges Auge in ihrer durchschei-
nenden Mystik sich verlieren zu lassen, als er, aus
seinen Träumereien zurückkehrend, im Portikus,
oberhalb der beiden apokalyptischen Tiere, welche die Freitreppe bewachen, einen Mann bemerkte, dessen nicht ganz gewöhnliche Erscheinung seinen Gedanken eine völlig andere Richtung
gab.

Ob er nun aus dem Innern der Halle durch das
bronzene Tor hervorgetreten oder von außen unversehens heran und hinauf gelangt war, blieb
ungewiß. Aschenbach, ohne sich sonderlich in die
Frage zu vertiefen, neigte zur ersteren Annahme.
Mäßig hochgewachsen, mager, bartlos und auffallend stumpfnäsig, gehörte der Mann zum rothaa-
rigen Typ und besaß dessen milchige und sommer-
sprossige Haut. Offenbar war er durchaus nicht
bajuwarischen Schlages: wie denn wenigstens der
breit und gerade gerandete Basthut, der ihm den
Kopf bedeckte, seinem Aussehen ein Gepräge des
Fremdländischen und Weitherkommenden verlieh. Freilich trug er dazu den landesüblichen

Rucksack um die Schultern geschnallt, einen gelblichen Gurtanzug aus Lodenstoff, wie es schien,
einen grauen Wetterkragen über dem linken Unterarm, den er in die Weiche gestützt hielt, und
in der Rechten einen mit eiserner Spitze versehe-
nen Stock, welchen er schräg gegen den Boden
stemmte und auf dessen Krücke er, bei gekreuzten
Füßen, die Hüfte lehnte. Erhobenen Hauptes, so
daß an seinem hager dem losen Sporthemd ent-
wachsenden Halse der Adamsapfel stark und
nackt hervortrat, blickte er mit farblosen, rotbe-
wimperten Augen, zwischen denen, sonderbar ge-
nug zu seiner kurz aufgeworfenen Nase passend,
zwei senkrechte, energische Furchen standen,
scharf spähend ins Weite. So – und vielleicht trug
sein erhöhter und erhöhender Standort zu diesem
Eindruck bei – hatte seine Haltung etwas herrisch
Überschauendes, Kühnes oder selbst Wildes; denn
sei es, daß er, geblendet, gegen die untergehende
Sonne grimassierte oder daß es sich um eine
dauernde physiognomische Entstellung handelte:
seine Lippen schienen zu kurz, sie waren völlig von
den Zähnen zurückgezogen, dergestalt, daß diese,
bis zum Zahnfleisch bloßgelegt, weiß und lang
dazwischen hervorbleckten.
Wohl möglich, daß Aschenbach es bei seiner halb
zerstreuten, halb inquisitiven Musterung des
Fremden an Rücksicht hatte fehlen lassen, denn

plötzlich ward er gewahr, daß jener seinen Blick
erwiderte und zwar so kriegerisch, so gerade ins
Auge hinein, so offenkundig gesonnen, die Sache
aufs Äußerste zu treiben, und den Blick des andern
zum Abzug zu zwingen, daß Aschenbach, peinlich
berührt, sich abwandte und einen Gang die Zäune
entlang begann, mit dem beiläufigen Entschluß,
des Menschen nicht weiter achtzuhaben. Er hatte
ihn in der nächsten Minute vergessen. Mochte
nun aber das Wandererhafte in der Erscheinung
des Fremden auf seine Einbildungskraft gewirkt
haben oder sonst irgendein physischer oder see-
lischer Einfluß im Spiele sein: eine seltsame Aus-
weitung seines Innern ward ihm ganz überraschend bewußt, eine Art schweifender Unruhe, ein
jugendlich durstiges Verlangen in die Ferne, ein
Gefühl, so lebhaft, so neu oder doch so längst ent-
wöhnt und verlernt, daß er, die Hände auf dem
Rücken und den Blick am Boden, gefesselt stehen
blieb, um die Empfindung auf Wesen und Ziel zu
prüfen.
Es war Reiselust, nichts weiter; aber wahrhaft als
Anfall auftretend und ins Leidenschaftliche, ja bis
zur Sinnestäuschung gesteigert. Seine Begierde
ward sehend, seine Einbildungskraft, noch nicht
zur Ruhe gekommen seit den Stunden der Arbeit,
schuf sich ein Beispiel für alle Wunder und
Schrecken der mannigfaltigen Erde, die sie auf

einmal sich vorzustellen bestrebt war: er sah, sah
eine Landschaft, ein tropisches Sumpfgebiet unter
dickdunstigem Himmel, feucht, üppig und unge-
heuer, eine Art Urweltwildnis aus Inseln, Morästen
und Schlamm führenden Wasserarmen, – sah aus
geilem Farrengewucher, aus Gründen von fettem,
gequollenem und abenteuerlich blühendem Pflan-
zenwerk haarige Palmenschäfte nah und ferne
emporstreben, sah wunderlich ungestalte Bäume
ihre Wurzeln durch die Luft in den Boden, in stok-
kende, grünschattig spiegelnde Fluten versenken,
wo zwischen schwimmenden Blumen, die milch-
weiß und groß wie Schüsseln waren, Vögel von
fremder Art, hochschultrig, mit unförmigen
Schnäbeln, im Seichten standen und unbeweglich
zur Seite blickten, sah zwischen den knotigen
Rohrstämmen des Bambusdickichts die Lichter
eines kauernden Tigers funkeln – und fühlte sein
Herz pochen vor Entsetzen und rätselhaftem Verlangen. Dann wich das Gesicht; und mit einem
Kopfschütteln nahm Aschenbach seine Prome-
nade an den Zäunen der Grabsteinmetzereien
wieder auf.
Er hatte, zum mindesten, seit ihm die Mittel zu Ge-
bote gewesen waren, die Vorteile des Weltverkehrs
beliebig zu genießen, das Reisen nicht anders, denn
als eine hygienische Maßregel betrachtet, die gegen Sinn und Neigung dann und wann hatte ge-

troffen werden müssen. Zu beschäftigt mit den
Aufgaben, welche sein Ich und die europäische
Seele ihm stellten, zu belastet von der Verpflichtung zur Produktion, der Zerstreuung zu abge-
neigt, um zum Liebhaber der bunten Außenwelt
zu taugen, hatte er sich durchaus mit der Anschauung begnügt, die jedermann, ohne sich weit aus
seinem Kreise zu rühren, von der Oberfläche der
Erde gewinnen kann, und war niemals auch nur
versucht gewesen, Europa zu verlassen. Zumal seit
sein Leben sich langsam neigte, seit seine Künst-
lerfurcht, nicht fertig zu werden, – diese Besorgnis,
die Uhr möchte abgelaufen sein, bevor er das Seine
getan und völlig sich selbst gegeben, nicht mehr als
bloße Grille von der Hand zu weisen war, hatte
sein äußeres Dasein sich fast ausschließlich auf die
schöne Stadt, die ihm zur Heimat geworden, und
auf den rauhen Landsitz beschränkt, den er sich
im Gebirge errichtet und wo er die regnerischen
Sommer verbrachte.
Auch wurde denn, was ihn da eben so spät und
plötzlich angewandelt, sehr bald durch Vernunft
und von jung auf geübte Selbstzucht gemäßigt
und richtig gestellt. Er hatte beabsichtigt, das
Werk, für welches er lebte, bis zu einem gewissen
Punkte zu fördern, bevor er aufs Land übersie-
delte, und der Gedanke einer Weltbummelei, die
ihn auf Monate seiner Arbeit entführen würde,

schien allzu locker und planwidrig, er durfte nicht ernstlich in Frage kommen. Und doch wußte er nur zu wohl, aus welchem Grunde die Anfechtung so unversehens hervorgegangen war. Fluchtdrang war sie, daß er es sich eingestand, diese Sehnsucht ins Ferne und Neue, diese Begierde nach Befreiung, Entbürdung und Vergessen, – der Drang hinweg vom Werke, von der Alltagsstätte eines starren, kalten und leidenschaftlichen Dienstes. Zwar liebte er ihn und liebte auch fast schon den entnervenden, sich täglich erneuernden Kampf zwischen seinem zähen und stolzen, so oft erprobten Willen und dieser wachsenden Müdigkeit, von der niemand wissen und die das Produkt auf keine Weise, durch kein Anzeichen des Versagens und der Laßheit verraten durfte. Aber verständig schien es, den Bogen nicht zu überspannen und ein so lebhaft ausbrechendes Bedürfnis nicht eigensinnig zu ersticken. Er dachte an seine Arbeit, dachte an die Stelle, an der er sie auch heute wieder, wie gestern schon, hatte verlassen müssen und die weder geduldiger Pflege noch einem raschen Handstreich sich fügen zu wollen schien. Er prüfte sie aufs neue, versuchte die Hemmung zu durchbrechen oder aufzulösen und ließ mit einem Schauder des Widerwillens vom Angriff ab. Hier bot sich keine außerordentliche Schwierigkeit, sondern was ihn lähmte, waren die Skrupel der Unlust, die sich als

eine durch nichts mehr zu befriedigende Ungenügsamkeit darstellte. Ungenügsamkeit freilich hatte
schon dem Jüngling als Wesen und innerste Natur
des Talentes gegolten, und um ihretwillen hatte er
das Gefühl gezügelt und erkältet, weil er wußte,
daß es geneigt ist, sich mit einem fröhlichen Ungefähr und mit einer halben Vollkommenheit zu
begnügen. Rächte sich nun also die geknechtete
Empfindung, indem sie ihn verließ, indem sie
seine Kunst fürder zu tragen und zu beflügeln sich
weigerte und alle Lust, alles Entzücken an der
Form und am Ausdruck mit sich hinwegnahm?
Nicht, daß er Schlechtes herstellte: dies wenigstens war der Vorteil seiner Jahre, daß er sich
seiner Meisterschaft jeden Augenblick in Gelas-
senheit sicher fühlte. Aber er selbst, während die
Nation sie ehrte, er ward ihrer nicht froh, und es
schien ihm, als ermangle sein Werk jener Merkmale feurig spielender Laune, die, ein Erzeugnis
der Freude, mehr als irgendein innerer Gehalt, ein
gewichtigerer Vorzug, die Freude der genießenden
Welt bildeten. Er fürchtete sich vor dem Sommer
auf dem Lande, allein in dem kleinen Hause mit
der Magd, die ihm das Essen bereitete, und dem
Diener, der es ihm auftrug; fürchtete sich vor
den vertrauten Angesichten der Berggipfel und
-wände, die wiederum seine unzufriedene Lang-
samkeit umstehen würden. Und so tat denn eine

Einschaltung not, etwas Stegreifdasein, Tagedie-
berei, Fernluft und Zufuhr neuen Blutes, damit
der Sommer erträglich und ergiebig werde. Reisen
also, – er war es zufrieden. Nicht gar weit, nicht
gerade bis zu den Tigern. Eine Nacht im Schlaf-
wagen und eine Siesta von drei, vier Wochen an
irgendeinem Allerweltsferienplatze im liebenswürdigen Süden…

So dachte er, während der Lärm der elektrischen
Tram die Ungererstraße daher sich näherte, und
einsteigend beschloß er, diesen Abend dem Studium von Karte und Kursbuch zu widmen. Auf der
Plattform fiel ihm ein, nach dem Manne im Basthut, dem Genossen dieses immerhin folgereichen
Aufenthaltes, Umschau zu halten. Doch wurde
ihm dessen Verbleib nicht deutlich, da er weder an
seinem vorherigen Standort, noch auf dem weiteren Halteplatz, noch auch im Wagen ausfindig zu
machen war.

Zweites Kapitel

Der Autor der klaren und mächtigen Prosa-Epo-
pöe vom Leben Friedrichs von Preußen; der ge-
duldige Künstler, der in langem Fleiß den figuren-
reichen, so vielerlei Menschenschicksal im Schat-
ten einer Idee versammelnden Romanteppich,

»Maja« mit Namen, wob; der Schöpfer jener starken Erzählung, die »Ein Elender« überschrieben ist und einer ganzen dankbaren Jugend die Möglichkeit sittlicher Entschlossenheit jenseits der tiefsten Erkenntnis zeigte; der Verfasser endlich (und damit sind die Werke seiner Reifezeit kurz bezeichnet) der leidenschaftlichen Abhandlung über »Geist und Kunst«, deren ordnende Kraft und antithetische Beredsamkeit ernste Beurteiler vermochte, sie unmittelbar neben Schillers Raisonnement über naive und sentimentalische Dichtung zu stellen: Gustav Aschenbach also war zu L., einer Kreisstadt der Provinz Schlesien, als Sohn eines höheren Justizbeamten geboren. Seine Vorfahren waren Offiziere, Richter, Verwaltungsfunktionäre gewesen, Männer, die im Dienste des Königs, des Staates ihr straffes, anständig karges Leben geführt hatten. Innigere Geistigkeit hatte sich einmal, in der Person eines Predigers, unter ihnen verkörpert; rascheres, sinnlicheres Blut war der Familie in der vorigen Generation durch die Mutter des Dichters, Tochter eines böhmischen Kapellmeisters, zugekommen. Von ihr stammten die Merkmale fremder Rasse in seinem Äußern. Die Vermählung dienstlich nüchterner Gewissenhaftigkeit mit dunkleren, feurigeren Impulsen ließ einen Künstler und diesen besonderen Künstler erstehen.

Da sein ganzes Wesen auf Ruhm gestellt war, zeigte er sich, wenn nicht eigentlich frühreif, so doch, dank der Entschiedenheit und persönlichen Prägnanz seines Tonfalls, früh für die Öffentlichkeit reif und geschickt. Beinahe noch Gymnasiast, besaß er einen Namen. Zehn Jahre später hatte er gelernt, von seinem Schreibtische aus zu repräsentieren, seinen Ruhm zu verwalten, in einem Briefsatz, der kurz sein mußte (denn viele Ansprüche dringen auf den Erfolgreichen, den Vertrauenswürdigen ein) gütig und bedeutend zu sein. Der Vierziger hatte, ermattet von den Strapazen und Wechselfällen der eigentlichen Arbeit, alltäglich eine Post zu bewältigen, die Wertzeichen aus aller Herren Ländern trug.

Ebenso weit entfernt vom Banalen wie vom Exzentrischen, war sein Talent geschaffen, den Glauben des breiten Publikums und die bewundernde, fordernde Teilnahme der Wählerischen zugleich zu gewinnen. So, schon als Jüngling von allen Seiten auf die Leistung – und zwar die außerordentliche – verpflichtet, hatte er niemals den Müßiggang, niemals die sorglose Fahrlässigkeit der Jugend gekannt. Als er um sein fünfunddreißigstes Jahr in Wien erkrankte, äußerte ein feiner Beobachter über ihn in Gesellschaft: »Sehen Sie, Aschenbach hat von jeher nur so gelebt« – und der Sprecher schloß die Finger seiner Linken fest

zur Faust –; »niemals *so*« – und er ließ die geöff-
nete Hand bequem von der Lehne des Sessels hängen. Das traf zu; und das Tapfer-Sittliche daran
war, daß seine Natur von nichts weniger als robu-
ster Verfassung und zur ständigen Anspannung
nur berufen, nicht eigentlich geboren war.

Ärztliche Fürsorge hatte den Knaben vom Schul-
besuch ausgeschlossen und auf häuslichen Unter-
richt gedrungen. Einzeln, ohne Kameradschaft
war er aufgewachsen und hatte doch zeitig erken-
nen müssen, daß er einem Geschlecht angehörte,
in dem nicht das Talent, wohl aber die physische
Basis eine Seltenheit war, deren das Talent zu seiner Erfüllung bedarf, – einem Geschlechte, das
früh sein Bestes zu geben pflegt und in dem das
Können es selten zu Jahren bringt. Aber sein Lieb-
lingswort war »Durchhalten«, – er sah in seinem
Friedrich-Roman nichts anderes als die Apo-
theose dieses Befehlswortes, das ihm als der In-
begriff leidend-tätiger Tugend erschien. Auch
wünschte er sehnlichst, alt zu werden, denn er
hatte von jeher dafür gehalten, daß wahrhaft
groß, umfassend, ja wahrhaft ehrenwert nur das
Künstlertum zu nennen sei, dem es beschieden
war, auf allen Stufen des Menschlichen charakte-
ristisch fruchtbar zu sein.

Da er also die Aufgaben, mit denen sein Talent ihn
belud, auf zarten Schultern tragen und weit gehen

wollte, so bedurfte er höchlich der Zucht, – und Zucht war ja zum Glücke sein eingeborenes Erbteil von väterlicher Seite. Mit vierzig, mit fünfzig Jahren wie schon in einem Alter, wo andere verschwenden, schwärmen, die Ausführung großer Pläne getrost verschieben, begann er seinen Tag beizeiten mit Stürzen kalten Wassers über Brust und Rücken und brachte dann, ein Paar hoher Wachskerzen in silbernen Leuchtern zu Häupten des Manuskripts, die Kräfte, die er im Schlaf gesammelt, in zwei oder drei inbrünstig gewissenhaften Morgenstunden der Kunst zum Opfer dar. Es war verzeihlich, ja, es bedeutete recht eigentlich den Sieg seiner Moralität, wenn Unkundige die Maja-Welt oder die epischen Massen, in denen sich Friedrichs Heldenleben entrollte, für das Erzeugnis gedrungener Kraft und eines langen Atems hielten, während sie vielmehr in kleinen Tagewerken aus aberhundert Einzelinspirationen zur Größe emporgeschichtet und nur darum so durchaus und an jedem Punkte vortrefflich waren, weil ihr Schöpfer mit einer Willensdauer und Zähigkeit, derjenigen ähnlich, die seine Heimatprovinz eroberte, jahrelang unter der Spannung eines und desselben Werkes ausgehalten und an die eigentliche Herstellung ausschließlich seine stärksten und würdigsten Stunden gewandt hatte.

Damit ein bedeutendes Geistesprodukt auf der

Stelle eine breite und tiefe Wirkung zu üben vermöge, muß eine geheime Verwandtschaft, ja Übereinstimmung zwischen dem persönlichen Schicksal seines Urhebers und dem allgemeinen des mitlebenden Geschlechtes bestehen. Die Menschen wissen nicht, warum sie einem Kunstwerke Ruhm bereiten. Weit entfernt von Kennerschaft, glauben sie hundert Vorzüge daran zu entdecken, um so viel Teilnahme zu rechtfertigen; aber der eigentliche Grund ihres Beifalls ist ein Unwägbares, ist Sympathie. Aschenbach hatte es einmal an wenig sichtbarer Stelle unmittelbar ausgesprochen, daß beinahe alles Große, was dastehe, als ein Trotzdem dastehe, trotz Kummer und Qual, Armut, Verlassenheit, Körperschwäche, Laster, Leidenschaft und tausend Hemmnissen zustande gekommen sei. Aber das war mehr als eine Bemerkung, es war eine Erfahrung, war geradezu die Formel seines Lebens und Ruhmes, der Schlüssel zu seinem Werk; und was Wunder also, wenn es auch der sittliche Charakter, die äußere Gebärde seiner eigentümlichsten Figuren war?

Über den neuen, in mannigfach individuellen Erscheinungen wiederkehrenden Heldentyp, den dieser Schriftsteller bevorzugte, hatte schon frühzeitig ein kluger Zergliederer geschrieben: daß er die Konzeption »einer intellektuellen und jünglinghaften Männlichkeit« sei, »die in stolzer

Scham die Zähne aufeinanderbeißt und ruhig dasteht, während ihr die Schwerter und Speere durch den Leib gehen«. Das war schön, geistreich und exakt, trotz seiner scheinbar allzu passivischen Prägung. Denn Haltung im Schicksal, Anmut in der Qual bedeutet nicht nur ein Dulden; sie ist eine aktive Leistung, ein positiver Triumph, und die Sebastian-Gestalt ist das schönste Sinnbild, wenn nicht der Kunst überhaupt, so doch gewiß der in Rede stehenden Kunst. Blickte man hinein in diese erzählte Welt, sah man: die elegante Selbstbeherrschung, die bis zum letzten Augenblick eine innere Unterhöhlung, den biologischen Verfall vor den Augen der Welt verbirgt; die gelbe, sinnlich benachteiligte Häßlichkeit, die es vermag, ihre schwelende Brunst zur reinen Flamme zu entfachen, ja, sich zur Herrschaft im Reiche der Schönheit aufzuschwingen; die bleiche Ohnmacht, welche aus den glühenden Tiefen des Geistes die Kraft holt, ein ganzes übermütiges Volk zu Füßen des Kreuzes, zu ihren Füßen niederzuwerfen; die liebenswürdige Haltung im leeren und strengen Dienste der Form; das falsche, gefährliche Leben, die rasch entnervende Sehnsucht und Kunst des geborenen Betrügers: betrachtete man all dies Schicksal und wieviel gleichartiges noch, so konnte man zweifeln, ob es überhaupt einen anderen Heroismus gäbe, als denjenigen der Schwäche.

Welches Heldentum aber jedenfalls wäre zeitge-
mäßer als dieses? Gustav Aschenbach war der
Dichter all derer, die am Rande der Erschöpfung
arbeiten, der Überbürdeten, schon Aufgeriebenen,
sich noch Aufrechthaltenden, all dieser Moralisten
der Leistung, die, schmächtig von Wuchs und
spröde von Mitteln, durch Willensverzückung und
kluge Verwaltung sich wenigstens eine Zeitlang
die Wirkungen der Größe abgewinnen. Ihrer sind
viele, sie sind die Helden des Zeitalters. Und sie
alle erkannten sich wieder in seinem Werk, sie
fanden sich bestätigt, erhoben, besungen darin,
sie wußten ihm Dank, sie verkündeten seinen
Namen.

Er war jung und roh gewesen mit der Zeit und,
schlecht beraten von ihr, war er öffentlich gestrau-
chelt, hatte Mißgriffe getan, sich bloßgestellt, Ver-
stöße gegen Takt und Besonnenheit begangen in
Wort und Werk. Aber er hatte die Würde gewon-
nen, nach welcher, wie er behauptete, jedem großen Talente ein natürlicher Drang und Stachel
eingeboren ist, ja, man kann sagen, daß seine
ganze Entwicklung ein bewußter und trotziger,
alle Hemmungen des Zweifels und der Ironie zu-
rücklassender Aufstieg zur Würde gewesen war.

Lebendige, geistig unverbindliche Greifbarkeit
der Gestaltung bildet das Ergötzen der bürgerlichen Massen, aber leidenschaftlich unbedingte

Jugend wird nur durch das Problematische gefesselt: und Aschenbach war problematisch, war
unbedingt gewesen wie nur irgendein Jüngling.
Er hatte dem Geiste gefrönt, mit der Erkenntnis
Raubbau getrieben, Saatfrucht vermahlen, Ge-
heimnisse preisgegeben, das Talent verdächtigt,
die Kunst verraten, – ja, während seine Bildwerke
die gläubig Genießenden unterhielten, erhoben,
belebten, hatte er, der jugendliche Künstler, die
Zwanzigjährigen durch seine Zynismen über das
fragwürdige Wesen der Kunst, des Künstlertums
selbst in Atem gehalten.

Aber es scheint, daß gegen nichts ein edler und
tüchtiger Geist sich rascher, sich gründlicher ab-
stumpft, als gegen den scharfen und bitteren Reiz
der Erkenntnis; und gewiß ist, daß die schwermütig gewissenhafteste Gründlichkeit des Jünglings
Seichtheit bedeutet im Vergleich mit dem tiefen
Entschlusse des Meister gewordenen Mannes, das
Wissen zu leugnen, es abzulehnen, erhobenen
Hauptes darüber hinwegzugehen, sofern es den
Willen, die Tat, das Gefühl und selbst die Leidenschaft im geringsten zu lähmen, zu entmutigen, zu
entwürdigen geeignet ist. Wie wäre die berühmte
Erzählung vom »Elenden« wohl anders zu deuten,
denn als Ausbruch des Ekels gegen den unanstän-
digen Psychologismus der Zeit, verkörpert in der
Figur jenes weichen und albernen Halbschur-

ken, der sich ein Schicksal erschleicht, indem er
sein Weib, aus Ohnmacht, aus Lasterhaftigkeit,
aus ethischer Velleität, in die Arme eines Unbärti-
gen treibt und aus Tiefe Nichtswürdigkeiten bege-
hen zu dürfen glaubt? Die Wucht des Wortes, mit
welchem hier das Verworfene verworfen wurde,
verkündete die Abkehr von allem moralischen
Zweifelsinn, von jeder Sympathie mit dem Abgrund, die Absage an die Laxheit des Mitleidssat-
zes, daß alles verstehen alles verzeihen heiße, und
was sich hier vorbereitete, ja schon vollzog, war
jenes »Wunder der wiedergeborenen Unbefangenheit«, auf welches ein wenig später in einem der
Dialoge des Autors ausdrücklich und nicht ohne
geheimnisvolle Betonung die Rede kam. Seltsame
Zusammenhänge! War es eine geistige Folge dieser »Wiedergeburt«, dieser neuen Würde und
Strenge, daß man um dieselbe Zeit ein fast über-
mäßiges Erstarken seines Schönheitssinnes beob-
achtete, jene adelige Reinheit, Einfachheit und
Ebenmäßigkeit der Formgebung, welche seinen
Produkten fortan ein so sinnfälliges, ja gewolltes
Gepräge der Meisterlichkeit und Klassizität verlieh? Aber moralische Entschlossenheit jenseits
des Wissens, der auflösenden und hemmenden Erkenntnis, – bedeutet sie nicht wiederum eine Ver-
einfachung, eine sittliche Vereinfältigung der Welt
und der Seele und also auch ein Erstarken zum

Bösen, Verbotenen, zum sittlich Unmöglichen? Und hat Form nicht zweierlei Gesicht? Ist sie nicht sittlich und unsittlich zugleich, − sittlich als Ergebnis und Ausdruck der Zucht, unsittlich aber und selbst widersittlich, sofern sie von Natur eine moralische Gleichgültigkeit in sich schließt, ja wesentlich bestrebt ist, das Moralische unter ihr stolzes und unumschränktes Szepter zu beugen?

Wie dem auch sei! Eine Entwicklung ist ein Schicksal; und wie sollte nicht diejenige anders verlaufen, die von der Teilnahme, dem Massenzutrauen einer weiten Öffentlichkeit begleitet wird, als jene, die sich ohne den Glanz und die Verbindlichkeiten des Ruhmes vollzieht? Nur ewiges Zigeunertum findet es langweilig und ist zu spotten geneigt, wenn ein großes Talent dem libertinischen Puppenstande entwächst, die Würde des Geistes ausdrucksvoll wahrzunehmen sich gewöhnt und die Hofsitten einer Einsamkeit annimmt, die voll unberatener, hart selbständiger Leiden und Kämpfe war und es zu Macht und Ehren unter den Menschen brachte. Wieviel Spiel, Trotz, Genuß ist übrigens in der Selbstgestaltung des Talentes! Etwas Amtlich-Erzieherisches trat mit der Zeit in Gustav Aschenbachs Vorführungen ein, sein Stil entriet in späteren Jahren der unmittelbaren Kühnheiten, der subtilen und neuen Abschattungen, er wandelte sich ins Mustergültig-Feststehende, Geschliffen-Herkömmliche, Erhaltende, Formelle, selbst Formelhafte, und wie die Überlieferung es von Ludwig dem XIV. wissen will, so verbannte der Alternde aus seiner Sprachweise jedes gemeine Wort. Damals geschah es, daß die Unterrichtsbehörde ausgewählte Seiten von ihm in die vorgeschriebenen Schul-Lesebücher übernahm. Es war ihm innerlich gemäß, und er lehnte nicht ab, als ein deutscher Fürst, soeben zum Throne gelangt, dem Dichter des »Friedrich« zu seinem fünfzigsten Geburtstag den persönlichen Adel verlieh.

Nach einigen Jahren der Unruhe, einigen Versuchsaufenthalten da und dort wählte er frühzeitig München zum dauernden Wohnsitz und lebte dort in bürgerlichem Ehrenstande, wie er dem Geiste in besonderen Einzelfällen zuteil wird. Die Ehe, die er in noch jugendlichem Alter mit einem Mädchen aus gelehrter Familie eingegangen, wurde nach kurzer Glücksfrist durch den Tod getrennt. Eine Tochter, schon Gattin, war ihm geblieben. Einen Sohn hatte er nie besessen.

Gustav von Aschenbach war etwas unter Mittelgröße, brünett, rasiert. Sein Kopf erschien ein wenig zu groß im Verhältnis zu der fast zierlichen Gestalt. Sein rückwärts gebürstetes Haar, am Scheitel gelichtet, an den Schläfen sehr voll und stark ergraut, umrahmte eine hohe, zerklüftete und

gleichsam narbige Stirn. Der Bügel einer Gold-
brille mit randlosen Gläsern schnitt in die Wurzel
der gedrungenen, edel gebogenen Nase ein. Der
Mund war groß, oft schlaff, oft plötzlich schmal
und gespannt; die Wangenpartie mager und ge-
furcht, das wohlausgebildete Kinn weich gespal-
ten. Bedeutende Schicksale schienen über dies
meist leidend seitwärts geneigte Haupt hinwegge-
gangen zu sein, und doch war die Kunst es gewesen, die hier jene physiognomische Durchbildung
übernommen hatte, welche sonst das Werk eines
schweren, bewegten Lebens ist. Hinter dieser Stirn
waren die blitzenden Repliken des Gesprächs zwischen Voltaire und dem Könige über den Krieg
geboren; diese Augen, müde und tief durch die
Gläser blickend, hatten das blutige Inferno der La-
zarette des Siebenjährigen Krieges gesehen. Auch
persönlich genommen ist ja die Kunst ein erhöhtes
Leben. Sie beglückt tiefer, sie verzehrt rascher. Sie
gräbt in das Antlitz ihres Dieners die Spuren ima-
ginärer und geistiger Abenteuer, und sie erzeugt,
selbst bei klösterlicher Stille des äußeren Daseins,
auf die Dauer eine Verwöhntheit, Überfeinerung,
Müdigkeit und Neugier der Nerven, wie ein Leben
voll ausschweifender Leidenschaften und Genüsse
sie kaum hervorzubringen vermag.

echos 'not all the way
the sentiment to the others'
p18 nicht gerade bis zu den
Tigern
31

Drittes Kapitel

Mehrere Geschäfte weltlicher und literarischer
Natur hielten den Reiselustigen noch etwa zwei
Wochen nach jenem Spaziergang in München zurück. Er gab endlich Auftrag, sein Landhaus binnen vier Wochen zum Einzuge instandzusetzen
und reiste an einem Tage zwischen Mitte und Ende
des Mai mit dem Nachtzuge nach Triest, wo er nur
vierundzwanzig Stunden verweilte und sich am
nächstfolgenden Morgen nach Pola einschiffte.
Was er suchte, war das Fremdartige und Bezug-
lose, welches jedoch rasch zu erreichen wäre, und
so nahm er Aufenthalt auf einer seit einigen Jahren
gerühmten Insel der Adria, unfern der istrischen
Küste gelegen, mit farbig zerlumptem, in wild-
fremden Lauten redendem Landvolk und schön
zerrissenen Klippenpartien dort, wo das Meer offen war. Allein Regen und schwere Luft, eine
kleinweltliche, geschlossen österreichische Hotelgesellschaft und der Mangel jenes ruhevoll innigen
Verhältnisses zum Meere, das nur ein sanfter, san-
diger Strand gewährt, verdrossen ihn, ließen ihn
nicht das Bewußtsein gewinnen, den Ort seiner
Bestimmung getroffen zu haben; ein Zug seines
Innern, ihm war noch nicht deutlich, wohin, beunruhigte ihn, er studierte Schiffsverbindungen, er

blickte suchend umher, und auf einmal, zugleich überraschend und selbstverständlich, stand ihm sein Ziel vor Augen. Wenn man über Nacht das Unvergleichliche, das märchenhaft Abweichende zu erreichen wünschte, wohin ging man? Aber das war klar. Was sollte er hier? Er war fehlgegangen. Dorthin hatte er reisen wollen. Er säumte nicht, den irrigen Aufenthalt zu kündigen. Anderthalb Wochen nach seiner Ankunft auf der Insel trug ein geschwindes Motorboot ihn und sein Gepäck in dunstiger Frühe über die Wasser in den Kriegshafen zurück, und er ging dort nur an Land, um sogleich über einen Brettersteg das feuchte Verdeck eines Schiffes zu beschreiten, das unter Dampf zur Fahrt nach Venedig lag.

Es war ein betagtes Fahrzeug italienischer Nationalität, veraltet, rußig und düster. In einer höhlenartigen, künstlich erleuchteten Koje des inneren Raumes, wohin Aschenbach sofort nach Betreten des Schiffes von einem buckligen und unreinlichen Matrosen mit grinsender Höflichkeit genötigt wurde, saß hinter einem Tische, den Hut schief in der Stirn und einen Zigarettenstummel im Mundwinkel, ein ziegenbärtiger Mann von der Physiognomie eines altmodischen Zirkusdirektors, der mit grimassenhaft leichtem Geschäftsgebaren die Personalien der Reisenden aufnahm und ihnen die Fahrscheine ausstellte. »Nach Venedig!« wiederholte er Aschenbachs Ansuchen, indem er den Arm reckte und die Feder in den breiigen Restinhalt eines schräg geneigten Tintenfasses stieß. »Nach Venedig erster Klasse! Sie sind bedient, mein Herr!« Und er schrieb große Krähenfüße, streute aus einer Büchse blauen Sand auf die Schrift, ließ ihn in eine tönerne Schale ablaufen, faltete das Papier mit gelben und knochigen Fingern und schrieb aufs neue. »Ein glücklich gewähltes Reiseziel!« schwatzte er unterdessen. »Ah, Venedig! Eine herrliche Stadt! Eine Stadt von unwiderstehlicher Anziehungskraft für den Gebildeten, ihrer Geschichte sowohl wie ihrer gegenwärtigen Reize wegen! Die glatte Raschheit seiner Bewegungen und das leere Gerede, womit er sie begleitete, hatten etwas Betäubendes und Ablenkendes, etwa als besorgte er, der Reisende möchte in seinem Entschluß, nach Venedig zu fahren, noch wankend werden. Er kassierte eilig und ließ mit Croupiergewandtheit den Differenzbetrag auf den fleckigen Tuchbezug des Tisches fallen. »Gute Unterhaltung, mein Herr!« sagte er mit schauspielerischer Verbeugung. »Es ist mir eine Ehre, Sie zu befördern... Meine Herren!« rief er sogleich mit erhobenem Arm und tat, als sei das Geschäft im flottesten Gange, obgleich niemand mehr da war, der nach Abfertigung verlangt hätte. Aschenbach kehrte auf das Verdeck zurück.

Einen Arm auf die Brüstung gelehnt, betrachtete
er das müßige Volk, das, der Abfahrt des Schiffes
beizuwohnen, am Quai lungerte, und die Passa-
giere an Bord. Diejenigen der zweiten Klasse kau-
erten, Männer und Weiber, auf dem Vorderdeck,
indem sie Kisten und Bündel als Sitze benutzten.
Eine Gruppe junger Leute bildete die Reisegesell-
schaft des ersten Verdecks, Polenser Handelsgehilfen, wie es schien, die sich in angeregter Laune
zu einem Ausfluge nach Italien vereinigt hatten.
Sie machten nicht wenig Aufhebens von sich und
ihrem Unternehmen, schwatzten, lachten, genossen selbstgefällig das eigene Gebärdenspiel und
riefen den Kameraden, die, Portefeuilles unterm
Arm, in Geschäften die Hafenstraße entlang gingen und den Feiernden mit dem Stöckchen droh-
ten, über das Geländer gebeugt, zungengeläufige
Spottreden nach. Einer, in hellgelbem, übermo-
disch geschnittenem Sommeranzug, roter Kra-
watte und kühn aufgebogenem Panama, tat sich
mit krähender Stimme an Aufgeräumtheit vor allen andern hervor. Kaum aber hatte Aschenbach
ihn genauer ins Auge gefaßt, als er mit einer Art
von Entsetzen erkannte, daß der Jüngling falsch
war. Er war alt, man konnte nicht zweifeln. Runzeln umgaben ihm Augen und Mund. Das matte
Karmesin der Wangen war Schminke, das braune
Haar unter dem farbig umwundenen Strohhut

Perücke, sein Hals verfallen und sehnig, sein auf-
gesetztes Schnurrbärtchen und die Fliege am Kinn
gefärbt, sein gelbes und vollzähliges Gebiß, das
er lachend zeigte, ein billiger Ersatz, und seine
Hände, mit Siegelringen an beiden Zeigefingern,
waren die eines Greises. Schauerlich angemutet
sah Aschenbach ihm und seiner Gemeinschaft mit
den Freunden zu. Wußten, bemerkten sie nicht,
daß er alt war, daß er zu Unrecht ihre stutzerhafte
und bunte Kleidung trug, zu Unrecht einen der
ihren spielte? Selbstverständlich und gewohn-
heitsmäßig, wie es schien, duldeten sie ihn in ihrer
Mitte, behandelten ihn als ihresgleichen, erwi-
derten ohne Widerwillen seine neckischen Rip-
penstöße. Wie ging das zu? Aschenbach bedeckte
seine Stirn mit der Hand und schloß die Augen, die
heiß waren, da er zu wenig geschlafen hatte. Ihm
war, als lasse nicht alles sich ganz gewöhnlich an,
als beginne eine träumerische Entfremdung, eine
Entstellung der Welt ins Sonderbare um sich zu
greifen, der vielleicht Einhalt zu tun wäre, wenn er
sein Gesicht ein wenig verdunkelte und aufs neue
um sich schaute. In diesem Augenblick jedoch
berührte ihn das Gefühl des Schwimmens, und
mit unvernünftigem Erschrecken aufsehend, gewahrte er, daß der schwere und düstere Körper des
Schiffes sich langsam vom gemauerten Ufer löste.
Zollweise, unter dem Vorwärts- und Rückwärtsar-

beiten der Maschine, verbreiterte sich der Streifen schmutzig schillernden Wassers zwischen Quai und Schiffswand, und nach schwerfälligen Manövern kehrte der Dampfer seinen Bugspriet dem offenen Meere zu. Aschenbach ging nach der Steuerbordseite hinüber, wo der Bucklige ihm einen Liegestuhl aufgeschlagen hatte und ein Steward in fleckigem Frack nach seinen Befehlen fragte.

Der Himmel war grau, der Wind feucht. Hafen und Inseln waren zurückgeblieben, und rasch verlor sich aus dem dunstigen Gesichtskreise alles Land. Flocken von Kohlenstaub gingen, gedunsen von Nässe, auf das gewaschene Deck nieder, das nicht trocknen wollte. Schon nach einer Stunde spannte man ein Segeldach aus, da es zu regnen begann.

In seinen Mantel geschlossen, ein Buch im Schoße, ruhte der Reisende, und die Stunden verrannen ihm unversehens. Es hatte zu regnen aufgehört; man entfernte das leinene Dach. Der Horizont war vollkommen. Unter der trüben Kuppel des Himmels dehnte sich rings die ungeheure Scheibe des öden Meeres. Aber im leeren, im ungegliederten Raume fehlt unserem Sinn auch das Maß der Zeit, und wir dämmern im Ungemessenen. Schattenhaft sonderbare Gestalten, der greise Geck, der Ziegenbart aus dem Schiffsinnern, gingen mit unbestimmten Gebärden, mit verwirrten Traum-

worten durch den Geist des Ruhenden, und er
schlief ein.

Um Mittag nötigte man ihn zur Kollation in den
korridorartigen Speisesaal hinab, auf den die Türen der Schlafkojen mündeten und wo am Ende
des langen Tisches, zu dessen Häupten er speiste,
die Handelsgehilfen, einschließlich des Alten, seit
zehn Uhr mit dem munteren Kapitän pokulierten.
Die Mahlzeit war armselig, und er beendete sie
rasch. Es trieb ihn ins Freie, nach dem Himmel zu
sehen: ob er denn nicht über Venedig sich erhellen
wollte.

Er hatte nicht anders gedacht, als daß dies geschehen müsse, denn stets hatte die Stadt ihn im
Glanze empfangen. Aber Himmel und Meer blieben trüb und bleiern, zeitweilig ging neblichter
Regen nieder, und er fand sich darein, auf dem
Wasserwege ein anderes Venedig zu erreichen, als
er, zu Lande sich nähernd, je angetroffen hatte. Er
stand am Fockmast, den Blick im Weiten, das
Land erwartend. Er gedachte des schwermütig-
enthusiastischen Dichters, dem vormals die Kup-
peln und Glockentürme seines Traumes aus diesen
Fluten gestiegen waren, er wiederholte im stillen
einiges von dem, was damals an Ehrfurcht, Glück
und Trauer zu maßvollem Gesange geworden, und
von schon gestalteter Empfindung mühelos bewegt, prüfte er sein ernstes und müdes Herz, ob

eine neue Begeisterung und Verwirrung, ein spätes
Abenteuer des Gefühles dem fahrenden Müßig-
gänger vielleicht noch vorbehalten sein könne.

Da tauchte zur Rechten die flache Küste auf,
Fischerboote belebten das Meer, die Bäderinsel
erschien, der Dampfer ließ sie zur Linken, glitt
verlangsamten Ganges durch den schmalen Port,
der nach ihr benannt ist, und auf der Lagune,
angesichts bunt armseliger Behausungen, hielt er
ganz, da die Barke des Sanitätsdienstes erwartet
werden mußte.

Eine Stunde verging, bis sie erschien. Man war an-
gekommen und war es nicht; man hatte keine Eile
und fühlte sich doch von Ungeduld getrieben. Die
jungen Polesaner, patriotisch angezogen auch
wohl von den militärischen Hornsignalen, die aus
der Gegend der öffentlichen Gärten her über das
Wasser klangen, waren auf Deck gekommen und,
vom Asti begeistert, brachten sie Lebehochs auf
die drüben exerzierenden Bersaglieri aus. Aber wi-
derlich war es zu sehen, in welchen Zustand den
aufgestutzten Greisen seine falsche Gemeinschaft
mit der Jugend gebracht hatte. Sein altes Hirn
hatte dem Weine nicht wie die jugendlich rüstigen
standzuhalten vermocht, er war kläglich betrun-
ken. Verblödeten Blicks, eine Zigarette zwischen
den zitternden Fingern, schwankte er, mühsam
das Gleichgewicht haltend, auf der Stelle, vom

Rausche vorwärts und rückwärts gezogen. Da er
beim ersten Schritte gefallen wäre, getraute er sich
nicht vom Fleck, doch zeigte er einen jammervol-
len Übermut, hielt jeden, der sich ihm näherte,
am Knopfe fest, lallte, zwinkerte, kicherte, hob
seinen beringten, runzeligen Zeigefinger zu alber-
ner Neckerei und leckte auf abscheulich zweideu-
tige Art mit der Zungenspitze die Mundwinkel.
Aschenbach sah ihm mit finsteren Brauen zu, und
wiederum kam ein Gefühl von Benommenheit ihn
an, so, als zeige die Welt eine leichte, doch nicht zu
hemmende Neigung, sich ins Sonderbare und
Fratzenhafte zu entstellen: ein Gefühl, dem nach-
zuhängen freilich die Umstände ihn abhielten, da
eben die stampfende Tätigkeit der Maschine aufs
neue begann und das Schiff seine so nah dem Ziel
unterbrochene Fahrt durch den Kanal von San
Marco wieder aufnahm.
So sah er ihn denn wieder, den erstaunlichsten
Landungsplatz, jene blendende Komposition
phantastischen Bauwerks, welche die Republik
den ehrfürchtigen Blicken nahender Seefahrer
entgegenstellte: die leichte Herrlichkeit des Pala-
stes und die Seufzerbrücke, die Säulen mit Löw'
und Heiligem am Ufer, die prunkend vortretende
Flanke des Märchentempels, den Durchblick auf
Torweg und Riesenuhr, und anschauend bedachte
er, daß zu Lande, auf dem Bahnhof in Venedig an-

langen, einen Palast durch eine Hintertür betreten
heiße, und daß man nicht anders, als wie nun er,
als zu Schiffe, als über das hohe Meer die unwahr-
scheinlichste der Städte erreichen sollte.

Die Maschine stoppte, Gondeln drängten herzu,
die Fallreepstreppe ward hinabgelassen, Zoll-
beamte stiegen an Bord und walteten obenhin ihres Amtes; die Ausschiffung konnte beginnen.
Aschenbach gab zu verstehen, daß er eine Gondel
wünsche, die ihn und sein Gepäck zur Station
jener kleinen Dampfer bringen solle, welche zwischen der Stadt und dem Lido verkehren; denn er
gedachte am Meere Wohnung zu nehmen. Man bil-
ligt sein Vorhaben, man schreit seinen Wunsch zur
Wasserfläche hinab, wo die Gondelführer im Dialekt miteinander zanken. Er ist noch gehindert,
hinabzusteigen, sein Koffer hindert ihn, der eben
mit Mühsal die leiterartige Treppe hinuntergezerrt
und geschleppt wird. So sieht er sich minutenlang
außerstande, den Zudringlichkeiten des schau-
derhaften Alten zu entkommen, den die Trunkenheit dunkel antreibt, dem Fremden Abschiedshon-
neurs zu machen. »Wir wünschen den glücklichsten Aufenthalt«, meckert er unter Kratzfüßen.
»Man empfiehlt sich geneigter Erinnerung! Au re-
voir, excusez und bon jour, Euer Exzellenz!« Sein
Mund wässert, er drückt die Augen zu, er leckt die
Mundwinkel, und die gefärbte Bartfliege an seiner

Greisenlippe sträubt sich empor. »Unsere Komplimente«, lallt er, zwei Fingerspitzen am Munde,
»unsere Komplimente dem Liebchen, dem aller-
liebsten, dem schönsten Liebchen…« Und plötzlich fällt ihm das falsche Obergebiß vom Kiefer auf
die Unterlippe. Aschenbach konnte entweichen.
»Dem Liebchen, dem feinen Liebchen«, hörte er in
girrenden, hohlen und behinderten Lauten in seinem Rücken, während er, am Strickgeländer sich
haltend, die Fallreepstreppe hinabklomm.
Wer hätte nicht einen flüchtigen Schauder, eine
geheime Scheu und Beklommenheit zu bekämpfen
gehabt, wenn es zum ersten Male oder nach langer
Entwöhnung galt, eine venezianische Gondel zu
besteigen? Das seltsame Fahrzeug, aus ballades-
ken Zeiten ganz unverändert überkommen und so
eigentümlich schwarz, wie sonst unter allen Dingen nur Särge es sind, – es erinnert an lautlose
und verbrecherische Abenteuer in plätschernder
Nacht, es erinnert noch mehr an den Tod selbst, an
Bahre und düsteres Begängnis und letzte, schweig-
same Fahrt. Und hat man bemerkt, daß der Sitz
einer solchen Barke, dieser sargschwarz lackierte,
mattschwarz gepolsterte Armstuhl, der weichste,
üppigste, der erschlaffendste Sitz von der Welt ist?
Aschenbach ward es gewahr, als er zu Füßen des
Gondoliers, seinem Gepäck gegenüber, das am
Schnabel reinlich beisammen lag, sich niederge-

lassen hatte. Die Ruderer zankten immer noch, rauh, unverständlich, mit drohenden Gebärden. Aber die besondere Stille der Wasserstadt schien ihre Stimmen sanft aufzunehmen, zu entkörpern, über der Flut zu zerstreuen. Es war warm hier im Hafen. Lau angerührt vom Hauch des Scirocco, auf dem nachgiebigen Element in Kissen gelehnt, schloß der Reisende die Augen im Genusse einer so ungewohnten als süßen Lässigkeit. Die Fahrt wird kurz sein, dachte er; möchte sie immer währen! In leisem Schwanken fühlte er sich dem Gedränge, dem Stimmengewirr entgleiten.

Wie still und stiller es um ihn wurde! Nichts war zu vernehmen, als das Plätschern des Ruders, das hohle Aufschlagen der Wellen gegen den Schnabel der Barke, der steil, schwarz und an der Spitze hellebardenartig bewehrt über dem Wasser stand, und noch ein drittes, ein Reden, ein Raunen, – das Flüstern des Gondoliers, der zwischen den Zähnen, stoßweise, in Lauten, die von der Arbeit seiner Arme gepreßt waren, zu sich selber sprach. Aschenbach blickte auf, und mit leichter Befremdung gewahrte er, daß um ihn her die Lagune sich weitete und seine Fahrt gegen das offene Meer gerichtet war. Es schien folglich, daß er nicht allzu sehr ruhen dürfe, sondern auf den Vollzug seines Willens ein wenig bedacht sein müsse.

»Zur Dampferstation also,« sagte er mit einer

halben Wendung rückwärts. Das Raunen verstummte. Er erhielt keine Antwort.

»Zur Dampferstation also!« wiederholte er, indem er sich vollends umwandte und in das Gesicht des Gondoliers emporblickte, der hinter ihm, auf erhöhtem Borde stehend, vor dem fahlen Himmel aufragte. Es war ein Mann von ungefälliger, ja brutaler Physiognomie, seemännisch blau gekleidet, mit einer gelben Schärpe gegürtet und einen formlosen Strohhut, dessen Geflecht sich aufzulösen begann, verwegen schief auf dem Kopfe. Seine Gesichtsbildung, sein blonder, lockiger Schnurrbart unter der kurz aufgeworfenen Nase ließen ihn durchaus nicht italienischen Schlages erscheinen. Obgleich eher schmächtig von Leibesbeschaffenheit, so daß man ihn für seinen Beruf nicht sonderlich geschickt geglaubt hätte, führte er das Ruder, bei jedem Schlage den ganzen Körper einsetzend, mit großer Energie. Ein paarmal zog er vor Anstrengung die Lippen zurück und entblößte seine weißen Zähne. Die rötlichen Brauen gerunzelt, blickte er über den Gast hinweg, indem er bestimmten, fast groben Tones erwiderte:

»Sie fahren zum Lido.«

Aschenbach entgegnete:

»Allerdings. Aber ich habe die Gondel nur genommen, um mich nach San Marco übersetzen zu lassen. Ich wünsche den Vaporetto zu benutzen.«

Hermes
Charon – Greek mythological ferryman who
ferries souls to their death across the
river Styx. – can be little doubt now as
to where the visitor is going

»Sie können den Vaporetto nicht benutzen, mein Herr.«

»Und warum nicht?«

»Weil der Vaporetto kein Gepäck befördert.«

Das war richtig; Aschenbach erinnerte sich. Er schwieg. Aber die schroffe, überhebliche, einem Fremden gegenüber so wenig landesübliche Art des Menschen schien unleidlich. Er sagte:

»Das ist meine Sache. Vielleicht will ich mein Gepäck in Verwahrung geben. Sie werden umkehren.«

Es blieb still. Das Ruder plätscherte, das Wasser schlug dumpf an den Bug. Und das Reden und Raunen begann wieder: Der Gondolier sprach zwischen den Zähnen mit sich selbst.

Was war zu tun? Allein auf der Flut mit dem sonderbar unbotmäßigen, unheimlich entschlossenen Menschen, sah der Reisende kein Mittel, seinen Willen durchzusetzen. Wie weich er übrigens ruhen durfte, wenn er sich nicht empörte! Hatte er nicht gewünscht, daß die Fahrt lange, daß sie immer dauern möge? Es war das Klügste, den Dingen ihren Lauf zu lassen, und es war hauptsächlich höchst angenehm. Ein Bann der Trägheit schien auszugehen von seinem Sitz, von diesem niedrigen, schwarzgepolsterten Armstuhl, so sanft gewiegt von den Ruderschlägen des eigenmächtigen Gondoliers in seinem Rücken. Die Vorstellung,

einem Verbrecher in die Hände gefallen zu sein,
streifte träumerisch Aschenbachs Sinne, – unver-
mögend, seine Gedanken zu tätiger Abwehr aufzu-
rufen. Verdrießlicher schien die Möglichkeit, daß
alles auf simple Geldschneiderei angelegt sei. Eine
Art von Pflichtgefühl oder Stolz, die Erinnerung
gleichsam, daß man dem vorbeugen müsse, vermochte ihn, sich noch einmal aufzuraffen. Er
fragte:

»Was fordern Sie für die Fahrt?«
Und über ihn hinsehend antwortete der Gondo-
lier:
»Sie werden bezahlen.«
Es stand fest, was hierauf zurückzugeben war.
Aschenbach sagte mechanisch:
»Ich werde nichts bezahlen, durchaus nichts,
wenn Sie mich fahren, wohin ich nicht will.«
»Sie wollen zum Lido.«
»Aber nicht mit Ihnen.«
»Ich fahre Sie gut.«
Das ist wahr, dachte Aschenbach und spannte sich
ab. Das ist wahr, du fährst mich gut. Selbst, wenn
du es auf meine Barschaft abgesehen hast und
mich hinterrücks mit einem Ruderschlage ins
Haus des Aides schickst, wirst du mich gut gefah-
ren haben.
Allein nichts dergleichen geschah. Sogar Gesell-
schaft stellte sich ein, ein Boot mit musikalischen

Wegelagerern, Männern und Weibern, die zur Gi-
tarre, zur Mandoline sangen, aufdringlich Bord an
Bord mit der Gondel fuhren und die Stille über den
Wassern mit ihrer gewinnsüchtigen Fremdenpoe-
sie erfüllten. Aschenbach warf Geld in den hinge-
haltenen Hut. Sie schwiegen dann und fuhren davon. Und das Flüstern des Gondoliers war wieder
wahrnehmbar, der stoßweise und abgerissen mit
sich selber sprach.

So kam man denn an, geschaukelt vom Kielwasser
eines zur Stadt fahrenden Dampfers. Zwei Munizi-
palbeamte, die Hände auf dem Rücken, die Gesichter der Lagune zugewandt, gingen am Ufer auf
und ab. Aschenbach verließ am Stege die Gondel,
unterstützt von jenem Alten, der an jedem Lan-
dungsplatze Venedigs mit seinem Enterhaken zur
Stelle ist; und da es ihm an kleinerem Gelde fehlte,
ging er hinüber in das der Dampferbrücke benach-
barte Hotel, um dort zu wechseln und den Ruderer
nach Gutdünken abzulohnen. Er wird in der Halle
bedient, er kehrt zurück, er findet sein Reisegut
auf einem Karren am Quai, und Gondel und Gondolier sind verschwunden.

»Er hat sich fortgemacht«, sagte der Alte mit dem
Enterhaken. »Ein schlechter Mann, ein Mann
ohne Konzession, gnädiger Herr. Er ist der einzige Gondolier, der keine Konzession besitzt.
Die andern haben hierher telephoniert. Er sah,

daß er erwartet wurde. Da hat er sich fortgemacht.«

Aschenbach zuckte die Achseln.

»Der Herr ist umsonst gefahren«, sagte der Alte
und hielt den Hut hin. Aschenbach warf Münzen
hinein. Er gab Weisung, sein Gepäck ins Bäder-
Hotel zu bringen und folgte dem Karren durch die
Allee, die weißblühende Allee, welche, Tavernen,
Basare, Pensionen zu beiden Seiten, quer über die
Insel zum Strande läuft.

Er betrat das weitläufige Hotel von hinten, von der
Gartenterrasse aus und begab sich durch die große
Halle und die Vorhalle ins Office. Da er angemel-
det war, wurde er mit dienstfertigem Einverständ-
nis empfangen. Ein Manager, ein kleiner, leiser,
schmeichelnd höflicher Mann mit schwarzem
Schnurrbart und in französisch geschnittenem
Gehrock, begleitete ihn im Lift zum zweiten
Stockwerk hinauf und wies ihm sein Zimmer
an, einen angenehmen, in Kirschholz möblierten
Raum, den man mit stark duftenden Blumen geschmückt hatte und dessen hohe Fenster die Aussicht aufs offene Meer gewährten. Er trat an eins
davon, nachdem der Angestellte sich zurückgezogen, und während man hinter ihm sein Gepäck
hereinschaffte und im Zimmer unterbrachte,
blickte er hinaus auf den nachmittäglich men-
schenarmen Strand und die unbesonnte See, die

Flutzeit hatte und niedrige, gestreckte Wellen in ruhigem Gleichtakt gegen das Ufer sandte.

Die Beobachtungen und Begegnisse des Einsam-Stummen sind zugleich verschwommener und ein-dringlicher, als die des Geselligen, seine Gedanken schwerer, wunderlicher und nie ohne einen Anflug von Traurigkeit. Bilder und Wahrnehmungen, die mit einem Blick, einem Lachen, einem Urteilsaus-tausch leichthin abzutun wären, beschäftigen ihn über Gebühr, vertiefen sich im Schweigen, werden bedeutsam, Erlebnis, Abenteuer, Gefühl. Einsam-keit zeitigt das Originale, das gewagt und befrem-dend Schöne, das Gedicht. Einsamkeit zeitigt aber auch das Verkehrte, das Unverhältnismäßige, das Absurde und Unerlaubte. – So beunruhigten die Erscheinungen der Herreise, der gräßliche alte Stutzer mit seinem Gefasel vom Liebchen, der ver-pönte, um seinen Lohn geprellte Gondolier, noch jetzt das Gemüt des Reisenden. Ohne der Vernunft Schwierigkeiten zu bieten, ohne eigentlich Stoff zum Nachdenken zu geben, waren sie dennoch grundsonderbar von Natur, wie es ihm schien, und beunruhigend wohl eben durch diesen Wider-spruch. Dazwischen grüßte er das Meer mit den Augen und empfand Freude, Venedig in so leicht erreichbarer Nähe zu wissen. Er wandte sich end-lich, badete sein Gesicht, traf gegen das Zimmer-mädchen einige Anordnungen zur Vervollständigung seiner Bequemlichkeit und ließ sich von dem grüngekleideten Schweizer, der den Lift bediente, ins Erdgeschoß hinunterfahren.

Er nahm seinen Tee auf der Terrasse der Seeseite, stieg dann hinab und verfolgte den Promenaden-quai eine gute Strecke in der Richtung auf das Ho-tel Excelsior. Als er zurückkehrte, schien es schon an der Zeit, sich zur Abendmahlzeit umzukleiden. Er tat es langsam und genau, nach seiner Art, da er bei der Toilette zu arbeiten gewöhnt war, und fand sich trotzdem ein wenig verfrüht in der Halle ein, wo er einen großen Teil der Hotelgäste, fremd un-tereinander und in gespielter gegenseitiger Teil-nahmslosigkeit, aber in der gemeinsamen Erwar-tung des Essens, versammelt fand. Er nahm eine Zeitung vom Tische, ließ sich in einen Ledersessel nieder und betrachtete die Gesellschaft, die sich von derjenigen seines ersten Aufenthaltes in einer ihm angenehmen Weise unterschied.

Ein weiter, duldsam vieles umfassender Horizont tat sich auf. Gedämpft vermischten sich die Laute der großen Sprachen. Der weltgültige Abendan-zug, eine Uniform der Gesittung, faßte äußerlich die Spielarten des Menschlichen zu anständiger Einheit zusammen. Man sah die trockene und lange Miene des Amerikaners, die vielgliedrige russische Familie, englische Damen, deutsche Kinder mit französischen Bonnen. Der slawische

Bestandteil schien vorzuherrschen. Gleich in der Nähe ward polnisch gesprochen.

Es war eine Gruppe halb und kaum Erwachsener, unter der Obhut einer Erzieherin oder Gesellschafterin um ein Rohrtischchen versammelt: Drei junge Mädchen, fünfzehn- bis siebzehnjährig, wie es schien, und ein langhaariger Knabe von vielleicht vierzehn Jahren. Mit Erstaunen bemerkte Aschenbach, daß der Knabe vollkommen schön war. Sein Antlitz, bleich und anmutig verschlossen, von honigfarbenem Haar umringt, mit der gerade abfallenden Nase, dem lieblichen Munde, dem Ausdruck von holdem und göttlichem Ernst, erinnerte an griechische Bildwerke aus edelster Zeit, und bei reinster Vollendung der Form war es von so einmalig persönlichem Reiz, daß der Schauende weder in Natur noch bildender Kunst etwas ähnlich Geglücktes angetroffen zu haben glaubte. Was ferner auffiel, war ein offenbar grundsätzlicher Kontrast zwischen den erzieherischen Gesichtspunkten, nach denen die Geschwister gekleidet und allgemein gehalten schienen. Die Herrichtung der drei Mädchen, von denen die Älteste für erwachsen gelten konnte, war bis zum Entstellenden herb und keusch. Eine gleichmäßig klösterliche Tracht, schieferfarben, halblang, nüchtern und gewollt unkleidsam von Schnitt, mit weißen Fallkrägen als einziger Aufhellung, unterdrückte und verhinderte jede Gefälligkeit der Gestalt. Das glatt und fest an den Kopf geklebte Haar ließ die Gesichter nonnenhaft leer und nichtssagend erscheinen. Gewiß, es war eine Mutter, die hier waltete, und sie dachte nicht einmal daran, auch auf den Knaben die pädagogische Strenge anzuwenden, die ihr den Mädchen gegenüber geboten schien. Weichheit und Zärtlichkeit bestimmten ersichtlich seine Existenz. Man hatte sich gehütet, die Schere an sein schönes Haar zu legen; wie beim Dornauszieher lockte es sich in die Stirn, über die Ohren und tiefer noch in den Nakken. Das englische Matrosenkostüm, dessen bauschige Ärmel sich nach unten verengerten und die feinen Gelenke seiner noch kindlichen, aber schmalen Hände knapp umspannten, verlieh mit seinen Schnüren, Maschen und Stickereien der zarten Gestalt etwas Reiches und Verwöhntes. Er saß, im Halbprofil gegen den Betrachtenden, einen Fuß im schwarzen Lackschuh vor den andern gestellt, einen Ellenbogen auf die Armlehne seines Korbsessels gestützt, die Wange an die geschlossene Hand geschmiegt, in einer Haltung von lässigem Anstand und ganz ohne die fast untergeordnete Steifheit, an die seine weiblichen Geschwister gewöhnt schienen. War er leidend? Denn die Haut seines Gesichtes stach weiß wie Elfenbein gegen das goldige Dunkel der umrahmenden Locken

ab. Oder war er einfach ein verzärteltes Vorzugs-
kind, von parteilicher und launischer Liebe getragen? Aschenbach war geneigt, dies zu glauben.
Fast jedem Künstlernaturell ist ein üppiger und
verräterischer Hang eingeboren, Schönheit schaf-
fende Ungerechtigkeit anzuerkennen und aristo-
kratischer Bevorzugung Teilnahme und Huldi-
gung entgegenzubringen.

Ein Kellner ging umher und meldete auf englisch,
daß die Mahlzeit bereit sei. Allmählich verlor sich
die Gesellschaft durch die Glastür in den Speisesaal. Nachzügler, vom Vestibül, von den Lifts kommend, gingen vorüber. Man hatte drinnen zu ser-
vieren begonnen, aber die jungen Polen verharrten
noch um ihr Rohrtischchen, und Aschenbach, in
tiefem Sessel behaglich aufgehoben und übrigens
das Schöne vor Augen, wartete mit ihnen.

Die Gouvernante, eine kleine und korpulente
Halbdame mit rotem Gesicht, gab endlich das Zei-
chen, sich zu erheben. Mit hochgezogenen Brauen
schob sie ihren Stuhl zurück und verneigte sich, als
eine große Frau, grau-weiß gekleidet und sehr
reich mit Perlen geschmückt, die Halle betrat. Die
Haltung dieser Frau war kühl und gemessen, die
Anordnung ihres leicht gepuderten Haares sowohl
wie die Machart ihres Kleides von jener Einfachheit, die überall da den Geschmack bestimmt, wo
Frömmigkeit als Bestandteil der Vornehmheit gilt.

Sie hätte die Frau eines hohen deutschen Beamten sein können. Etwas phantastisch Luxuriöses kam in ihre Erscheinung einzig durch ihren Schmuck, der in der Tat kaum schätzbar war und aus Ohrgehängen, sowie einer dreifachen, sehr langen Kette kirschengroßer, mild schimmernder Perlen bestand.

Die Geschwister waren rasch aufgestanden. Sie beugten sich zum Kuß über die Hand ihrer Mutter, die mit einem zurückhaltenden Lächeln ihres gepflegten, doch etwas müden und spitznäsigen Gesichtes über ihre Köpfe hinwegblickte und einige Worte in französischer Sprache an die Erzieherin richtete. Dann schritt sie zur Glastür. Die Geschwister folgten ihr: die Mädchen in der Reihenfolge ihres Alters, nach ihnen die Gouvernante, zuletzt der Knabe. Aus irgendeinem Grunde wandte er sich um, bevor er die Schwelle überschritt, und da niemand sonst mehr in der Halle sich aufhielt, begegneten seine eigentümlich dämmergrauen Augen denen Aschenbachs, der, seine Zeitung auf den Knien, in Anschauung versunken, der Gruppe nachblickte.

Was er gesehen, war gewiß in keiner Einzelheit auffallend gewesen. Man war nicht vor der Mutter zu Tische gegangen, man hatte sie erwartet, sie ehrerbietig begrüßt und beim Eintritt in den Saal gebräuchliche Formen beobachtet. Allein das alles hatte sich so ausdrücklich, mit einem solchen Akzent von Zucht, Verpflichtung und Selbstachtung dargestellt, daß Aschenbach sich sonderbar ergriffen fühlte. Er zögerte noch einige Augenblicke, ging dann auch seinerseits in den Speisesaal hinüber und ließ sich sein Tischchen anweisen, das, wie er mit einer kurzen Regung des Bedauerns feststellte, sehr weit von dem der polnischen Familie entfernt war.

Müde und dennoch geistig bewegt, unterhielt er sich während der langwierigen Mahlzeit mit abstrakten, ja transzendenten Dingen, sann nach über die geheimnisvolle Verbindung, welche das Gesetzmäßige mit dem Individuellen eingehen müsse, damit menschliche Schönheit entstehe, kam von da aus auf allgemeine Probleme der Form und der Kunst und fand am Ende, daß seine Gedanken und Funde gewissen scheinbar glücklichen Einflüsterungen des Traumes glichen, die sich bei ernüchtertem Sinn als vollständig schal und untauglich erweisen. Er hielt sich nach Tische rauchend, sitzend, umherwandelnd, in dem abendlich duftenden Parke auf, ging zeitig zur Ruhe und verbrachte die Nacht in anhaltend tiefem, aber von Traumbildern verschiedentlich belebtem Schlaf.

Das Wetter ließ sich am folgenden Tage nicht günstiger an. Landwind ging. Unter fahl bedecktem

Himmel lag das Meer in stumpfer Ruhe, ver-
schrumpft gleichsam, mit nüchtern nahem Horizont und so weit vom Strande zurückgetreten, daß
es mehrere Reihen langer Sandbänke freiließ. Als
Aschenbach sein Fenster öffnete, glaubte er den
fauligen Geruch der Lagune zu spüren.

Verstimmung befiel ihn. Schon in diesem Augenblick dachte er an Abreise. Einmal, vor Jahren,
hatte nach heiteren Frühlingswochen hier dies
Wetter ihn heimgesucht und sein Befinden so
schwer geschädigt, daß er Venedig wie ein Flie-
hender hatte verlassen müssen. Stellte nicht schon
wieder die fiebrige Unlust von damals, der Druck
in den Schläfen, die Schwere der Augenlider sich
ein? Noch einmal den Aufenthalt zu wechseln
würde lästig sein; wenn aber der Wind nicht um-
schlug, so war seines Bleibens hier nicht. Er packte
zur Sicherheit nicht völlig aus. Um neun Uhr frühstückte er in dem hiefür vorbehaltenen Büfettzim-
mer zwischen Halle und Speisesaal.

In dem Raum herrschte die feierliche Stille, die
zum Ehrgeiz der großen Hotels gehört. Die bedienenden Kellner gingen auf leisen Sohlen umher.
Ein Klappern des Teegerätes, ein halbgeflüstertes
Wort war alles, was man vernahm. In einem Win-
kel, schräg gegenüber der Tür und zwei Tische von
seinem entfernt, bemerkte Aschenbach die polnischen Mädchen mit ihrer Erzieherin. Sehr auf-

Homers Odyssee und die phäischen glücklichen Bewohner der Insel Scheria.

56

recht, das aschblonde Haar neu geglättet und mit geröteten Augen, in steifen blauleinenen Kleidern mit kleinen weißen Fallkrägen und Manschetten saßen sie da und reichten einander ein Glas mit Eingemachtem. Sie waren mit ihrem Frühstück fast fertig. Der Knabe fehlte.

Aschenbach lächelte. Nun kleiner Phääke! dachte er. Du scheinst vor diesen das Vorrecht beliebigen Ausschlafens zu genießen. Und plötzlich aufgeheitert rezitierte er bei sich selbst den Vers:

»Oft veränderten Schmuck und warme Bäder und Ruhe.«

Er frühstückte ohne Eile, empfing aus der Hand des Portiers, der mit gezogener Tressenmütze in den Saal kam, einige nachgesandte Post und öffnete, eine Zigarette rauchend, ein paar Briefe. So geschah es, daß er dem Eintritt des Langschläfers noch beiwohnte, den man dort drüben erwartete.

Er kam durch die Glastür und ging in der Stille schräg durch den Raum zum Tisch seiner Schwestern. Sein Gehen war sowohl in der Haltung des Oberkörpers wie in der Bewegung der Knie, dem Aufsetzen des weiß beschuhten Fußes von außerordentlicher Anmut, sehr leicht, zugleich zart und stolz und verschönt noch durch die kindliche Verschämtheit, in welcher er zweimal unterwegs, mit einer Kopfwendung in den Saal, die Augen aufschlug und senkte. Lächelnd, mit einem halblauten Wort in seiner weich verschwommenen Sprache nahm er seinen Platz ein, und jetzt zumal, da er dem Schauenden sein genaues Profil zuwandte, erstaunte dieser aufs neue, ja erschrak über die wahrhaft gottähnliche Schönheit des Menschenkindes. Der Knabe trug heute einen leichten Blusenanzug aus blau und weiß gestreiftem Waschstoff mit rotseidener Masche auf der Brust und am Halse von einem einfachen weißen Stehkragen abgeschlossen. Auf diesem Kragen aber, der nicht einmal sonderlich elegant zum Charakter des Anzugs passen wollte, ruhte die Blüte des Hauptes in unvergleichlichem Liebreiz, – das Haupt des Eros, vom gelblichen Schmelze parischen Marmors, mit feinen und ernsten Brauen, Schläfen und Ohr vom rechtwinklig einspringenden Geringel des Haares dunkel und weich bedeckt.

Gut, gut! dachte Aschenbach mit jener fachmännisch kühlen Billigung, in welche Künstler zuweilen einem Meisterwerk gegenüber ihr Entzücken, ihre Hingerissenheit kleiden. Und weiter dachte er: Wahrhaftig, erwarteten mich nicht Meer und Strand, ich bliebe hier, solange du bleibst! So aber ging er denn, ging unter den Aufmerksamkeiten des Personals durch die Halle, die große Terrasse hinab und geradeaus über den Brettersteg zum abgesperrten Strand der Hotelgäste. Er ließ sich von dem barfüßigen Alten, der sich in Leinwandhose,

Matrosenbluse und Strohhut dort unten als Bade-
meister tätig zeigte, die gemietete Strandhütte zu-
weisen, ließ Tisch und Sessel hinaus auf die sandig
bretterne Plattform stellen und machte es sich bequem in dem Liegestuhl, den er weiter zum Meere
hin in den wachsgelben Sand gezogen hatte.

Das Strandbild, dieser Anblick sorglos sinnlich ge-
nießender Kultur am Rande des Elementes, unterhielt und erfreute ihn wie nur je. Schon war die
graue und flache See belebt von watenden Kindern, Schwimmern, bunten Gestalten, welche die
Arme unter dem Kopf verschränkt auf den Sand-
bänken lagen. Andere ruderten in kleinen rot und
blau gestrichenen Booten ohne Kiel und kenterten
lachend. Vor der gedehnten Zeile der Capannen,
auf deren Plattformen man wie auf kleinen Ve-
randen saß, gab es spielende Bewegung und träg
hingestreckte Ruhe, Besuche und Geplauder, sorg-
fältige Morgen-Eleganz neben der Nacktheit, die
keck-behaglich die Freiheiten des Ortes genoß.
Vorn auf dem feuchten und festen Sande lustwan-
delten einzelne in weißen Bademänteln, in weiten,
starkfarbigen Hemdgewändern. Eine vielfältige
Sandburg zur Rechten, von Kindern hergestellt,
war rings mit kleinen Flaggen in den Farben aller
Länder besteckt. Verkäufer von Muscheln, Ku-
chen und Früchten breiteten kniend ihre Waren
aus. Links, vor einer der Hütten, die quer zu den

übrigen und zum Meere standen und auf dieser
Seite einen Abschluß des Strandes bildeten, kam-
pierte eine russische Familie: Männer mit Bärten
und großen Zähnen, mürbe und träge Frauen, ein
baltisches Fräulein, das an einer Staffelei sitzend
unter Ausrufen der Verzweiflung das Meer malte,
zwei gutmütig-häßliche Kinder, eine alte Magd im
Kopftuch und mit zärtlich unterwürfigen Sklaven-
manieren. Dankbar genießend lebten sie dort, riefen unermüdlich die Namen der unfolgsam sich
tummelnden Kinder, scherzten vermittelst weniger italienischer Worte lange mit dem humori-
stischen Alten, von dem sie Zuckerwerk kauften,
küßten einander auf die Wangen und kümmerten
sich um keinen Beobachter ihrer menschlichen
Gemeinschaft.
Ich will also bleiben, dachte Aschenbach. Wo wäre
es besser? Und die Hände im Schoß gefaltet, ließ er
seine Augen sich in den Weiten des Meeres verlieren, seinen Blick entgleiten, verschwimmen, sich
brechen im eintönigen Dunst der Raumeswüste.
Er liebte das Meer aus tiefen Gründen: aus dem
Ruheverlangen des schwer arbeitenden Künstlers, der vor der anspruchsvollen Vielgestalt der
Erscheinungen an der Brust des Einfachen, Un-
geheueren sich zu bergen begehrt; aus einem verbotenen, seiner Aufgabe gerade entgegengesetzten
und ebendarum verführerischen Hange zum Un-

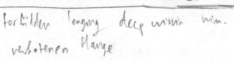

gegliederten, Maßlosen, Ewigen, zum Nichts. Am
Vollkommenen zu ruhen, ist die Sehnsucht dessen,
der sich um das Vortreffliche müht; und ist nicht
das Nichts eine Form des Vollkommenen? Wie er
nun aber so tief ins Leere träumte, ward plötzlich
die Horizontale des Ufersaumes von einer menschlichen Gestalt überschnitten, und als er seinen
Blick aus dem Unbegrenzten einholte und sam-
melte, da war es der schöne Knabe, der von links
kommend vor ihm im Sande vorüberging. Er ging
barfuß, zum Waten bereit, die schlanken Beine bis
über die Knie entblößt, langsam, aber so leicht
und stolz, als sei er ohne Schuhwerk sich zu bewe-
gen ganz gewöhnt, und schaute sich nach den
querstehenden Hütten um. Kaum aber hatte er die
russische Familie bemerkt, die dort in dankbarer
Eintracht ihr Wesen trieb, als ein Unwetter zorni-
ger Verachtung sein Gesicht überzog. Seine Stirn
verfinsterte sich, sein Mund ward emporgehoben,
von den Lippen nach einer Seite ging ein erbitter-
tes Zerren, das die Wange zerriß, und seine Brauen
waren so schwer gerunzelt, daß unter ihrem Druck
die Augen eingesunken schienen und böse und
dunkel darunter hervor die Sprache des Hasses
führten. Er blickte zu Boden, blickte noch einmal
drohend zurück, tat dann mit der Schulter eine
heftig wegwerfende, sich abwendende Bewegung
und ließ die Feinde im Rücken.

Eine Art Zartgefühl oder Erschrockenheit, etwas
wie Achtung und Scham, veranlaßte Aschenbach,
sich abzuwenden, als ob er nichts gesehen hätte;
denn dem ernsten Zufallsbeobachter der Leidenschaft widerstrebt es, von seinen Wahrnehmungen
auch nur vor sich selber Gebrauch zu machen. Er
war aber erheitert und erschüttert zugleich, das
heißt: beglückt. Dieser kindische Fanatismus, gerichtet gegen das gutmütigste Stück Leben, – er
stellte das Göttlich-Nichtssagende in menschliche
Beziehungen, er ließ ein kostbares Bildwerk der
Natur, das nur zur Augenweide getaugt hatte,
einer tieferen Teilnahme wert erscheinen; und er
verlieh der ohnehin durch Schönheit bedeutenden
Gestalt des Halbwüchsigen eine Folie, die gestat-
tete, ihn über seine Jahre ernst zu nehmen.

Noch abgewandt, lauschte Aschenbach auf die
Stimme des Knaben, seine helle, ein wenig schwa-
che Stimme, mit der er sich von weitem schon den
um die Sandburg beschäftigten Gespielen grüßend anzukündigen suchte. Man antwortete ihm,
indem man ihm seinen Namen oder eine Kose-
form seines Namens mehrfach entgegenrief, und
Aschenbach horchte mit einer gewissen Neugier
darauf, ohne Genaueres erfassen zu können, als
zwei melodische Silben wie »Adgio« oder öfter
noch »Adgiu« mit rufend gedehntem u-Laut am
Ende. Er freute sich des Klanges, er fand ihn in

seinem Wohllaut dem Gegenstande angemessen, wiederholte ihn im stillen und wandte sich befriedigt seinen Briefen und Papieren zu.

Seine kleine Reise-Schreibmappe auf den Knien, begann er, mit dem Füllfederhalter diese und jene Korrespondenz zu erledigen. Aber nach einer Viertelstunde schon fand er es schade, die Situation, die genießenswerteste, die er kannte, so im Geist zu verlassen und durch gleichgültige Tätigkeit zu versäumen. Er warf das Schreibzeug beiseite, er kehrte zum Meere zurück; und nicht lange, so wandte er, abgelenkt von den Stimmen der Jugend am Sandbau, den Kopf bequem an der Lehne des Stuhles nach rechts, um sich nach dem Treiben und Bleiben des trefflichen Adgio wieder umzutun.

Der erste Blick fand ihn; die rote Masche auf seiner Brust war nicht zu verfehlen. Mit anderen beschäftigt, eine alte Planke als Brücke über den feuchten Graben der Sandburg zu legen, gab er rufend und mit dem Kopfe winkend seine Anweisungen zu diesem Werk. Es waren da mit ihm ungefähr zehn Genossen, Knaben und Mädchen, von seinem Alter und einige jünger, die in Zungen, polnisch, französisch und auch in Balkan-Idiomen durcheinander schwatzten. Aber sein Name war es, der am öftesten erklang. Offenbar war er begehrt, umworben, bewundert. Einer namentlich, Pole gleich

X quote from Xenophon 'Memorabilien des Socrates'
warns of danger of sensuous beauty — never of
the rod in Venedig — Aschenbach doesn't follow he admire
of Socrates.

ihm, ein stämmiger Bursche, der ähnlich wie »Jaschu« gerufen wurde, mit schwarzem, pomadisier-
tem Haar und leinenem Gürtelanzug, schien sein
nächster Vasall und Freund. Sie gingen, als für
diesmal die Arbeit am Sandbau beendigt war, um-
schlungen den Strand entlang und der, welcher
»Jaschu« gerufen wurde, küßte den Schönen.
Aschenbach war versucht, ihm mit dem Finger zu
drohen. »Dir aber rat ich, Kritobulos«, dachte er
lächelnd, »geh ein Jahr auf Reisen! Denn soviel
brauchst du mindestens Zeit zur Genesung.« Und
dann frühstückte er große, vollreife Erdbeeren,
die er von einem Händler erstand. Es war sehr
warm geworden, obgleich die Sonne die Dunst-
schicht des Himmels nicht zu durchdringen vermochte. Trägheit fesselte den Geist, indes die
Sinne die ungeheure und betäubende Unterhaltung der Meeresstille genossen. Zu erraten, zu
erforschen, welcher Name es sei, der ungefähr
»Adgio« lautete, schien dem ernsten Mann eine an-
gemessene, vollkommen ausfüllende Aufgabe und
Beschäftigung. Und mit Hilfe einiger polnischer
Erinnerungen stellte er fest, daß »Tadzio« gemeint
sein müsse, die Abkürzung von »Tadeusz« und im
Anrufe »Tadziu« lautend.
Tadzio badete. Aschenbach, der ihn aus den Au-
gen verloren hatte, entdeckte seinen Kopf, seinen
Arm, mit dem er rudernd ausholte, weit draußen

sight of Tadzio has improved the weather
theme continued, on return back after
misdirected luggage p. 75, and even
on morning of departure p. 69.

im Meer; denn das Meer mochte flach sein bis weit hinaus. Aber schon schien man besorgt um ihn, schon riefen Frauenstimmen nach ihm von den Hütten, stießen wiederum diesen Namen aus, der den Strand beinahe wie eine Losung beherrschte und, mit seinen weichen Mitlauten, seinem gezogenen u-Ruf am Ende, etwas zugleich Süßes und Wildes hatte: »Tadziu, Tadziu!« Er kehrte zurück, er lief, das widerstrebende Wasser mit den Beinen zu Schaum schlagend, hintübergeworfenen Kopfes durch die Flut; und zu sehen, wie die lebendige Gestalt, vormännlich hold und herb, mit triefenden Locken und schön wie ein zarter Gott, herkommend aus den Tiefen von Himmel und Meer, dem Elemente entstieg und entrann: dieser Anblick gab mythische Vorstellungen ein, er war wie Dichterkunde von anfänglichen Zeiten, vom Ursprung der Form und von der Geburt der Götter. Aschenbach lauschte mit geschlossenen Augen auf diesen in seinem Innern antönenden Gesang, und abermals dachte er, daß es hier gut sei und daß er bleiben wolle.

Später lag Tadzio, vom Bade ausruhend, im Sande, gehüllt in sein weißes Laken, das unter der rechten Schulter durchgezogen war, den Kopf auf den bloßen Arm gebettet; und auch wenn Aschenbach ihn nicht betrachtete, sondern einige Seiten in seinem Buche las, vergaß er fast niemals, daß jener dort lag und daß es ihn nur eine leichte Wendung des Kopfes nach rechts kostete, um das Bewunderungswürdige zu erblicken. Beinahe schien es ihm, als säße er hier, um den Ruhenden zu behüten, – mit eigenen Angelegenheiten beschäftigt und dabei doch in beständiger Wachsamkeit für das edle Menschenbild dort zur Rechten, nicht weit von ihm. Und eine väterliche Huld, die gerührte Hinneigung dessen, der sich opfernd im Geiste das Schöne zeugt, zu dem, der die Schönheit hat, erfüllte und bewegte sein Herz.

Nach Mittag verließ er den Strand, kehrte ins Hotel zurück und ließ sich hinauf vor sein Zimmer fahren. Er verweilte dort drinnen längere Zeit vor dem Spiegel und betrachtete sein graues Haar, sein müdes und scharfes Gesicht. In diesem Augenblick dachte er an seinen Ruhm und daran, daß viele ihn auf den Straßen kannten und ehrerbietig betrachteten, um seines sicher treffenden und mit Anmut gekrönten Wortes willen, – rief alle äußeren Erfolge seines Talentes auf, die ihm irgend einfallen wollten, und gedachte sogar seiner Nobilitierung. Er begab sich dann zum Lunch hinab in den Saal und speiste an seinem Tischchen. Als er nach beendeter Mahlzeit den Lift bestieg, drängte junges Volk, das gleichfalls vom Frühstück kam, ihm nach in das schwebende Kämmerchen, und auch Tadzio trat ein. Er stand ganz nahe bei Aschenbach, zum ersten Male so nah, daß dieser ihn nicht in bildmäßigem Abstand, sondern genau, mit den Einzelheiten seiner Menschlichkeit wahrnahm und erkannte. Der Knabe ward angeredet von irgend jemandem, und während er mit unbeschreiblich lieblichem Lächeln antwortete, trat er schon wieder aus, im ersten Stockwerk, rückwärts, mit niedergeschlagenen Augen. Schönheit macht schamhaft, dachte Aschenbach und bedachte sehr eindringlich, warum. Er hatte jedoch bemerkt, daß Tadzios Zähne nicht recht erfreulich waren: etwas zackig und blaß, ohne den Schmelz der Gesundheit und von eigentümlich spröder Durchsichtigkeit, wie zuweilen bei Bleichsüchtigen. Er ist sehr zart, er ist kränklich, dachte Aschenbach. Er wird wahrscheinlich nicht alt werden. Und er verzichtete darauf, sich Rechenschaft von einem Gefühl der Genugtuung oder Beruhigung zu geben, das diesen Gedanken begleitete.

Er verbrachte zwei Stunden auf seinem Zimmer und fuhr am Nachmittag mit dem Vaporetto über die faul riechende Lagune nach Venedig. Er stieg aus bei San Marco, nahm den Tee auf dem Platze und trat dann, seiner hiesigen Tagesordnung gemäß, einen Spaziergang durch die Straßen an. Es war jedoch dieser Gang, der einen völligen Umschwung seiner Stimmung, seiner Entschlüsse herbeiführte.

Eine widerliche Schwüle lag in den Gassen; die Luft war so dick, daß die Gerüche, die aus Wohnungen, Läden, Garküchen quollen, Öldunst, Wolken von Parfum und viele andere in Schwaden standen, ohne sich zu zerstreuen. Zigarettenrauch hing an seinem Orte und entwich nur langsam. Das Menschengeschiebe in der Enge belästigte den Spaziergänger statt ihn zu unterhalten. Je länger er ging, desto quälender bemächtigte sich seiner der abscheuliche Zustand, den die Seeluft zusammen mit dem Scirocco hervorbringen kann, und der zugleich Erregung und Erschlaffung ist. Peinlicher Schweiß brach ihm aus. Die Augen versagten den Dienst, die Brust war beklommen, er fieberte, das Blut pochte im Kopf. Er floh aus den drangvollen Geschäftsgassen über Brücken in die Gänge der Armen. Dort behelligten ihn Bettler, und die üblen Ausdünstungen der Kanäle verleideten das Atmen. Auf stillem Platz, einer jener vergessen und verwunschen anmutenden Örtlichkeiten, die sich im Innern Venedigs finden, am Rande eines Brunnens rastend, trocknete er die Stirn und sah ein, daß er reisen müsse.

Zum zweitenmal und nun endgültig war es erwiesen, daß diese Stadt bei dieser Witterung ihm höchst schädlich war. Eigensinniges Ausharren erschien vernunftwidrig, die Aussicht auf ein Umschlagen des Windes ganz ungewiß. Es galt rasche

Entscheidung. Schon jetzt nach Hause zurückzukehren, verbot sich. Weder Sommer- noch Winterquartier war bereit, ihn aufzunehmen. Aber nicht nur hier gab es Meer und Strand, und anderwärts fanden sie sich ohne die böse Zutat der Lagune und ihres Fieberdunstes. Er erinnerte sich eines kleinen Seebades nicht weit von Triest, das man ihm rühmlich genannt hatte. Warum nicht dorthin? Und zwar ohne Verzug, damit der abermalige Aufenthaltswechsel sich noch lohne. Er erklärte sich für entschlossen und stand auf. Am nächsten Gondel-Halteplatz nahm er ein Fahrzeug und ließ sich durch das trübe Labyrinth der Kanäle, unter zierlichen Marmorbalkonen hin, die von Löwenbildern flankiert waren, um glitschige Mauerecken, vorbei an trauernden Palastfassaden, die große Firmenschilder im Abfall schaukelnden Wasser spiegelten, nach San Marco leiten. Er hatte Mühe, dorthin zu gelangen, denn der Gondolier, der mit Spitzenfabriken und Glasbläsereien im Bunde stand, versuchte überall, ihn zu Besichtigung und Einkauf abzusetzen, und wenn die bizarre Fahrt durch Venedig ihren Zauber zu üben begann, so tat der beutelschneiderische Geschäftsgeist der gesunkenen Königin das Seine, den Sinn wieder verdrießlich zu ernüchtern.

Ins Hotel zurückgekehrt, gab er noch vor dem Diner im Bureau die Erklärung ab, daß unvorherge-

sehene Umstände ihn nötigten, morgen früh abzu-
reisen. Man bedauerte, man quittierte seine Rech-
nung. Er speiste und verbrachte den lauen Abend,
Journale lesend, in einem Schaukelstuhl auf der
rückwärtigen Terrasse. Bevor er zur Ruhe ging,
machte er sein Gepäck vollkommen zur Abreise
fertig.
Er schlief nicht zum besten, da der bevorstehende
Wiederaufbruch ihn beunruhigte. Als er am Morgen die Fenster öffnete, war der Himmel bezogen
nach wie vor, aber die Luft schien frischer, und – es
begann auch schon seine Reue. War diese Kündi-
gung nicht überstürzt und irrtümlich, die Handlung eines kranken und unmaßgeblichen Zustandes gewesen? Hätte er sie ein wenig zurückbehal-
ten, hätte er es, ohne so rasch zu verzagen, auf den
Versuch einer Anpassung an die venezianische
Luft oder auf Besserung des Wetters ankommen
lassen, so stand ihm jetzt, statt Hast und Last, ein
Vormittag am Strande gleich dem gestrigen bevor.
Zu spät. Nun mußte er fortfahren, zu wollen, was
er gestern gewollt hatte. Er kleidete sich an und
fuhr um acht Uhr zum Frühstück ins Erdgeschoß
hinab.
Der Büfettraum war, als er eintrat, noch leer von
Gästen. Einzelne kamen, während er saß und das
Bestellte erwartete. Die Teetasse am Munde, sah er
die polnischen Mädchen nebst ihrer Begleiterin

sich einfinden; streng und morgenfrisch, mit geröteten Augen, schritten sie zu ihrem Tisch in der Fensterecke. Gleich darauf näherte sich ihm der Portier mit gezogener Mütze und mahnte zum Aufbruch. Das Automobil stehe bereit, ihn und andere Reisende nach dem Hotel Excelsior zu bringen, von wo das Motorboot die Herrschaften durch den Privatkanal der Gesellschaft zum Bahnhof befördern werde. Die Zeit dränge. – Aschenbach fand, daß sie das keineswegs tue. Mehr als eine Stunde blieb bis zur Abfahrt seines Zuges. Er ärgerte sich an der Gasthofssitte, den Abreisenden vorzeitig aus dem Hause zu schaffen und bedeutete den Portier, daß er in Ruhe zu frühstücken wünsche. Der Mann zog sich zögernd zurück, um nach fünf Minuten wieder aufzutreten. Unmöglich, daß der Wagen länger warte. Dann möge er fahren und seinen Koffer mitnehmen, entgegnete Aschenbach gereizt. Er selbst wolle zur gegebenen Zeit das öffentliche Dampfboot benutzen und bitte, die Sorge um sein Fortkommen ihm selber zu überlassen. Der Angestellte verbeugte sich. Aschenbach, froh, die lästigen Mahnungen abgewehrt zu haben, beendete seinen Imbiß ohne Eile, ja, ließ sich sogar noch vom Kellner eine Zeitung reichen. Die Zeit war recht knapp geworden, als er sich endlich erhob. Es fügte sich, daß im selben Augenblick Tadzio durch die Glastür hereinkam.

Er kreuzte, zum Tische der Seinen gehend, den Weg des Aufbrechenden, schlug vor dem grauhaarigen, hochgestirnten Mann bescheiden die Augen nieder, um sie nach seiner lieblichen Art sogleich wieder weich und voll zu ihm aufzuschlagen und war vorüber. Adieu, Tadzio! dachte Aschenbach. Ich sah dich kurz. Und indem er gegen seine Gewohnheit das Gedachte wirklich mit den Lippen ausbildete und vor sich hinsprach, fügte er hinzu: »Sei gesegnet!« – Er hielt dann Abreise, verteilte Trinkgelder, ward von dem kleinen, leisen Manager im französischen Gehrock verabschiedet und verließ das Hotel zu Fuß, wie er gekommen, um sich, gefolgt von dem Handgepäck tragenden Hausdiener, durch die weiß·blühende Allee quer über die Insel zur Dampferbrücke zu begeben. Er erreicht sie, er nimmt Platz, – und was folgte, war eine Leidensfahrt, kummervoll, durch alle Tiefen der Reue.

Es war die vertraute Fahrt über die Lagune, an San Marco vorbei, den großen Kanal hinauf. Aschenbach saß auf der Rundbank am Buge, den Arm aufs Geländer gestützt, mit der Hand die Augen beschattend. Die öffentlichen Gärten blieben zurück, die Piazzetta eröffnete sich noch einmal in fürstlicher Anmut und ward verlassen, es kam die große Flucht der Paläste, und als die Wasserstraße sich wendete, erschien des Rialto präch-

tig gespannter Marmorbogen. Der Reisende
schaute, und seine Brust war zerrissen. Die Atmosphäre der Stadt, diesen leis fauligen Geruch von
Meer und Sumpf, den zu fliehen es ihn so sehr ge-
drängt hatte, – er atmete ihn jetzt in tiefen, zärtlich schmerzlichen Zügen. War es möglich, daß er
nicht gewußt, nicht bedacht hatte, wie sehr sein
Herz an dem allen hing? Was heute morgen ein
halbes Bedauern, ein leiser Zweifel an der Richtig-
keit seines Tuns gewesen war, das wurde jetzt zum
Harm, zum wirklichen Weh, zu einer Seelennot, so
bitter, daß sie ihm mehrmals Tränen in die Augen
trieb, und von der er sich sagte, daß er sie unmöglich habe vorhersehen können. Was er als so
schwer erträglich, ja zuweilen als völlig unleidlich
empfand, war offenbar der Gedanke, daß er Venedig nie wiedersehen solle, daß dies ein Abschied
für immer sei. Denn da sich zum zweiten Male gezeigt hatte, daß die Stadt ihn krank mache, da er
sie zum zweiten Male Hals über Kopf zu verlassen
gezwungen war, so hatte er sie ja fortan als einen
ihm unmöglichen und verbotenen Aufenthalt zu
betrachten, dem er nicht gewachsen war und den
wieder aufzusuchen sinnlos gewesen wäre. Ja, er
empfand, daß, wenn er jetzt abreise, Scham und
Trotz ihn hindern müßten, die geliebte Stadt je
wiederzusehen, vor der er zweimal körperlich versagt hatte; und dieser Streitfall zwischen seeli-

scher Neigung und körperlichem Vermögen schien
dem Alternden auf einmal so schwer und wichtig,
die physische Niederlage so schmählich, so um jeden Preis hintanzuhalten, daß er die leichtfertige
Ergebung nicht begriff, mit welcher er gestern,
ohne ernstlichen Kampf, sie zu tragen und anzuerkennen beschlossen hatte.

Unterdessen nähert sich das Dampfboot dem
Bahnhof, und Schmerz und Ratlosigkeit steigen
bis zur Verwirrung. Die Abreise dünkt den Gequälten unmöglich, die Umkehr nicht minder. So
ganz zerrissen betritt er die Station. Es ist sehr
spät, er hat keinen Augenblick zu verlieren, wenn
er den Zug erreichen will. Er will es und will es
nicht. Aber die Zeit drängt, sie geißelt ihn vorwärts; er eilt, sich sein Billett zu verschaffen und
sieht sich im Tumult der Halle nach dem hier sta-
tionierten Beamten der Hotelgesellschaft um. Der
Mensch zeigt sich und meldet, der große Koffer sei
aufgegeben. Schon aufgegeben? Ja, bestens, –
nach Como. Nach Como? Und aus hastigem Hin
und Her, aus zornigen Fragen und betretenen Antworten kommt zutage, daß der Koffer, schon im
Gepäckbeförderungsamt des Hotels Excelsior,
zusammen mit anderer, fremder Bagage, in völlig
falsche Richtung geleitet wurde.

Aschenbach hatte Mühe, die Miene zu bewahren,
die unter diesen Umständen einzig begreiflich war.

Eine abenteuerliche Freude, eine unglaubliche Heiterkeit erschütterte von innen fast krampfhaft seine Brust. Der Angestellte stürzte davon, um möglicherweise den Koffer noch anzuhalten und kehrte, wie zu erwarten gewesen, unverrichteter Dinge zurück. Da erklärte denn Aschenbach, daß er ohne sein Gepäck nicht zu reisen wünsche, sondern umzukehren und das Wiedereintreffen des Stückes im Bäder-Hotel zu erwarten entschlossen sei. Ob das Motorboot der Gesellschaft am Bahnhof liege. Der Mann beteuerte, es liege vor der Tür. Er bestimmte in italienischer Suade den Schalterbeamten, den gelösten Fahrschein zurückzunehmen, er schwor, daß depeschiert werden, daß nichts gespart und versäumt werden solle, um den Koffer in Bälde zurückzugewinnen, und – so fand das Seltsame statt, daß der Reisende, zwanzig Minuten nach seiner Ankunft am Bahnhof, sich wieder im Großen Kanal auf dem Rückweg zum Lido sah.

Wunderlich unglaubhaftes, beschämendes, komisch-traumartiges Abenteuer: Stätten, von denen man eben in tiefster Wehmut Abschied auf immer genommen, vom Schicksal umgewandt und zurückverschlagen, in derselben Stunde noch wiederzusehen! Schaum vor dem Buge, drollig behend zwischen Gondeln und Dampfern lavierend, schoß das kleine eilfertige Fahrzeug seinem Ziele

zu, indes sein einziger Passagier unter der Maske
ärgerlicher Resignation die ängstlich-übermütige
Erregung eines entlaufenen Knaben verbarg.
Noch immer, von Zeit zu Zeit, ward seine Brust
bewegt von Lachen über dies Mißgeschick, das,
wie er sich sagte, ein Sonntagskind nicht gefälliger
hätte heimsuchen können. Es waren Erklärungen
zu geben, erstaunte Gesichter zu bestehen, – dann
war, so sagte er sich, alles wieder gut, dann war ein
Unglück verhütet, ein schwerer Irrtum richtig gestellt, und alles, was er im Rücken zu lassen geglaubt hatte, eröffnete sich ihm wieder, war auf
beliebige Zeit wieder sein ... Täuschte ihn übrigens
die rasche Fahrt oder kam wirklich zum Überfluß
der Wind nun dennoch vom Meere her?

Die Wellen schlugen gegen die betonierten Wände
des schmalen Kanals, der durch die Insel zum Hotel Excelsior gelegt ist. Ein automobiler Omnibus
erwartete dort den Wiederkehrenden und führte
ihn oberhalb des gekräuselten Meeres auf geradem
Wege zum Bäder-Hotel. Der kleine schnurrbärtige
Manager im geschweiften Gehrock kam zur Be-
grüßung die Freitreppe herab.

Leise schmeichelnd bedauerte er den Zwischen-
fall, nannte ihn äußerst peinlich für ihn und das
Institut, billigte aber mit Überzeugung Aschenbachs Entschluß, das Gepäckstück hier zu erwarten. Freilich sei sein Zimmer vergeben, ein anderes

jedoch, nicht schlechter, sogleich zur Verfügung. »Pas de chance, monsieur«, sagte der schweizerische Liftführer lächelnd, als man hinaufglitt. Und so wurde der Flüchtling wieder einquartiert, in einem Zimmer, das dem vorigen nach Lage und Einrichtung fast vollkommen glich.

Ermüdet, betäubt von dem Wirbel dieses seltsamen Vormittags, ließ er sich, nachdem er den Inhalt seiner Handtasche im Zimmer verteilt, in einem Lehnstuhl am offenen Fenster nieder. Das Meer hatte eine blaßgrüne Färbung angenommen, die Luft schien dünner und reiner, der Strand mit seinen Hütten und Booten farbiger, obgleich der Himmel noch grau war. Aschenbach blickte hinaus, die Hände im Schoß gefaltet, zufrieden, wieder hier zu sein, kopfschüttelnd unzufrieden über seinen Wankelmut, seine Unkenntnis der eigenen Wünsche. So saß er wohl eine Stunde, ruhend und gedankenlos träumend. Um Mittag erblickte er Tadzio, der in gestreiftem Leinenanzug mit roter Masche, vom Meere her, durch die Strandsperre und die Bretterwege entlang zum Hotel zurückkehrte. Aschenbach erkannte ihn aus seiner Höhe sofort, bevor er ihn eigentlich ins Auge gefaßt, und wollte etwas denken, wie: Sieh, Tadzio, da bist ja auch du wieder! Aber im gleichen Augenblick fühlte er, wie der lässige Gruß vor der Wahrheit seines Herzens hinsank und verstummte, — fühlte die Begeisterung seines Blutes, die Freude, den Schmerz seiner Seele und erkannte, daß ihm um Tadzios willen der Abschied so schwer geworden war.

Er saß ganz still, ganz ungesehen an seinem hohen Platze und blickte in sich hinein. Seine Züge waren erwacht, seine Brauen stiegen, ein aufmerksames, neugierig geistreiches Lächeln spannte seinen Mund. Dann hob er den Kopf und beschrieb mit beiden schlaff über die Lehne des Sessels hinabhängenden Armen eine langsam drehende und hebende Bewegung, die Handflächen vorwärtskehrend, so, als deute er ein Öffnen und Ausbreiten der Arme an. Es war eine bereitwillig willkommen heißende, gelassen aufnehmende Gebärde.

Viertes Kapitel

Nun lenkte Tag für Tag der Gott mit den hitzigen Wangen nackend sein gluthauchendes Viergespann durch die Räume des Himmels, und sein gelbes Gelock flatterte im zugleich ausstürmenden Ostwind. Weißlich seidiger Glanz lag auf den Weiten des träge wallenden Pontos. Der Sand glühte. Unter der silbrig flirrenden Bläue des Äthers waren rostfarbene Segeltücher vor den Strandhütten ausgespannt, und auf dem scharf umgrenzten

Schattenfleck, den sie boten, verbrachte man die
Vormittagsstunden. Aber köstlich war auch der
Abend, wenn die Pflanzen des Parks balsamisch
dufteten, die Gestirne droben ihren Reigen schritten und das Murmeln des umnachteten Meeres,
leise heraufdringend, die Seele besprach. Solch ein
Abend trug in sich die freudige Gewähr eines
neuen Sonnentages von leicht geordneter Muße
und geschmückt mit zahllosen, dicht beieinander
liegenden Möglichkeiten lieblichen Zufalls.
Der Gast, den ein so gefügiges Mißgeschick hier
festgehalten, war weit entfernt, in der Rückgewin-
nung seiner Habe einen Grund zu erneutem Aufbruch zu sehen. Er hatte zwei Tage lang einige
Entbehrung dulden und zu den Mahlzeiten im großen Speisesaal im Reiseanzug erscheinen müssen.
Dann, als man endlich die verirrte Last wieder in
seinem Zimmer niedersetzte, packte er gründlich
aus und füllte Schrank und Schubfächer mit dem
Seinen, entschlossen zu vorläufig unabsehbarem
Verweilen, vergnügt, die Stunden des Strandes in
seidenem Anzug verbringen und beim Diner sich
wieder in schicklicher Abendtracht an seinem
Tischchen zeigen zu können.
Der wohlige Gleichtakt dieses Daseins hatte ihn
schon in seinen Bann gezogen, die weiche und
glänzende Milde dieser Lebensführung ihn rasch
berückt. Welch ein Aufenthalt in der Tat, der die

Reize eines gepflegten Badelebens an südlichem
Strande mit der traulich bereiten Nähe der wun-
derlich-wundersamen Stadt verbindet! Aschenbach liebte nicht den Genuß. Wann immer und wo
es galt, zu feiern, der Ruhe zu pflegen, sich gute
Tage zu machen, verlangte ihn bald – und namentlich in jüngeren Jahren war dies so gewesen –
mit Unruhe und Widerwillen zurück in die hohe
Mühsal, den heilig nüchternen Dienst seines Alltags. Nur dieser Ort verzauberte ihn, entspannte
sein Wollen, machte ihn glücklich. Manchmal vormittags, unter dem Schattentuch seiner Hütte,
hinträumend über die Bläue des Südmeers, oder
bei lauer Nacht auch wohl, gelehnt in die Kissen
der Gondel, die ihn vom Markusplatz, wo er sich
lange verweilt, unter dem groß gestirnten Himmel
heimwärts zum Lido führte – und die bunten
Lichter, die schmelzenden Klänge der Serenade
blieben zurück, – erinnerte er sich seines Landsit-
zes in den Bergen, der Stätte seines sommerlichen
Ringens, wo die Wolken tief durch den Garten zogen, fürchterliche Gewitter am Abend das Licht
des Hauses löschten und die Raben, die er fütterte,
sich in den Wipfeln der Fichten schwangen. Dann
schien es ihm wohl, als sei er entrückt ins elysische
Land, an die Grenzen der Erde, wo leichtestes Leben den Menschen beschert ist, wo nicht Schnee ist
und Winter, noch Sturm und strömender Regen,

sondern immer sanft kühlenden Anhauch Okeanos aufsteigen läßt und in seliger Muße die Tage verrinnen, mühelos, kampflos und ganz nur der Sonne und ihren Festen geweiht.

Viel, fast beständig sah Aschenbach den Knaben Tadzio; ein beschränkter Raum, eine jedem gegebene Lebensordnung brachten es mit sich, daß der Schöne ihm tagüber mit kurzen Unterbrechungen nahe war. Er sah, er traf ihn überall: in den unteren Räumen des Hotels, auf den kühlenden Wasserfahrten zur Stadt und von dort zurück, im Gepränge des Platzes selbst und oft noch zwischenein auf Wegen und Stegen, wenn der Zufall ein Übriges tat. Hauptsächlich aber und mit der glücklichsten Regelmäßigkeit bot ihm der Vormittag am Strande ausgedehnte Gelegenheit, der holden Erscheinung Andacht und Studium zu widmen. Ja, diese Gebundenheit des Glückes, diese täglich gleichmäßig wieder anbrechende Gunst der Umstände war es so recht, was ihn mit Zufriedenheit und Lebensfreude erfüllte, was ihm den Aufenthalt teuer machte und einen Sonnentag so gefällig hinhaltend sich an den anderen reihen ließ.

Er war früh auf, wie sonst wohl bei pochendem Arbeitsdrange, und vor den Meisten am Strand, wenn die Sonne noch milde war und das Meer weiß blendend in Morgenträumen lag. Er grüßte menschenfreundlich den Wächter der Sperre, grüßte

auch vertraulich den barfüßigen Weißbart, der
ihm die Stätte bereitet, das braune Schattentuch
ausgespannt, die Möbel der Hütte hinaus auf die
Plattform gerückt hatte, und ließ sich nieder. Drei
Stunden oder vier waren dann sein, in denen die
Sonne zur Höhe stieg und furchtbare Macht gewann, in denen das Meer tiefer und tiefer blaute
und in denen er Tadzio sehen durfte.

Er sah ihn kommen, von links, am Rande des Meeres daher, sah ihn von rückwärts zwischen den
Hütten hervortreten oder fand auch wohl plötzlich, und nicht ohne ein frohes Erschrecken, daß er
sein Kommen versäumt und daß er schon da war,
schon in dem blau und weißen Badeanzug, der
jetzt am Strand seine einzige Kleidung war, sein
gewohntes Treiben in Sonne und Sand wieder auf-
genommen hatte, – dies lieblich nichtige, müßig
unstete Leben, das Spiel war und Ruhe, ein
Schlendern, Waten, Graben, Haschen, Lagern und
Schwimmen, bewacht, berufen von den Frauen
auf der Plattform, die mit Kopfstimmen seinen
Namen ertönen ließen: »Tadziu! Tadziu!« und zu
denen er mit eifrigem Gebärdenspiel gelaufen
kam, ihnen zu erzählen, was er erlebt, ihnen zu
zeigen, was er gefunden, gefangen: Muscheln,
Seepferdchen, Quallen und seitlich laufende
Krebse. Aschenbach verstand nicht ein Wort von
dem, was er sagte, und mochte es das Alltäglichste

sein, es war verschwommener Wohllaut in seinem
Ohr. So erhob Fremdheit des Knaben Rede zur
Musik, eine übermütige Sonne goß verschwende-
rischen Glanz über ihn aus, und die erhabene Tief-
sicht des Meeres war immer seiner Erscheinung
Folie und Hintergrund.

Bald kannte der Betrachtende jede Linie und Pose
dieses so gehobenen, so frei sich darstellenden
Körpers, begrüßte freudig jede schon vertraute
Schönheit aufs neue und fand der Bewunderung,
der zarten Sinneslust kein Ende. Man rief den
Knaben, einen Gast zu begrüßen, der den Frauen
bei der Hütte aufwartete; er lief herbei, lief naß
vielleicht aus der Flut, er warf die Locken, und indem er die Hand reichte, auf einem Beine ruhend,
den anderen Fuß auf die Zehenspitzen gestellt,
hatte er eine reizende Drehung und Wendung des
Körpers, anmutig spannungsvoll, verschämt aus
Liebenswürdigkeit, gefallsüchtig aus adeliger
Pflicht. Er lag ausgestreckt, das Badetuch um die
Brust geschlungen, den zart gemeißelten Arm in
den Sand gestützt, das Kinn in der hohlen Hand;
der, welcher »Jaschu« gerufen wurde, saß kauernd
bei ihm und tat ihm schön, und nichts konnte be-
zaubernder sein, als das Lächeln der Augen und
Lippen, mit dem der Ausgezeichnete zu dem Geringeren, Dienenden aufblickte. Er stand am
Rande der See, allein, abseits von den Seinen, ganz

The oxymoronic combination of "sober passion"
elucidates the nature of Aschenbach's writing.
(237 English)

=== 83 ===

nahe bei Aschenbach, – aufrecht, die Hände im
Nacken verschlungen, langsam sich auf den Fuß-
ballen schaukelnd, und träumte ins Blaue, während kleine Wellen, die anliefen, seine Zehen bade-
ten. Sein honigfarbenes Haar schmiegte sich in
Ringeln an die Schläfen und in den Nacken, die
Sonne erleuchtete den Flaum des oberen Rück-
grats, die feine Zeichnung der Rippen, das Gleich-
maß der Brust traten durch die knappe Umhül-
lung des Rumpfes hervor, seine Achselhöhlen
waren noch glatt wie bei einer Statue, seine Knie-
kehlen glänzten, und ihr bläuliches Geäder ließ
seinen Körper wie aus klarerem Stoffe gebildet erscheinen. Welch eine Zucht, welche Präzision des
Gedankens war ausgedrückt in diesem gestreckten
und jugendlich vollkommenen Leibe! Der strenge
und reine Wille jedoch, der, dunkel tätig, dies göttliche Bildwerk ans Licht zu treiben vermocht
hatte, – war er nicht ihm, dem Künstler, bekannt
und vertraut? Wirkte er nicht auch in ihm, wenn
er, nüchterner Leidenschaft voll, aus der Marmor-
masse der Sprache die schlanke Form befreite, die
er im Geiste geschaut und die er als Standbild und
Spiegel geistiger Schönheit den Menschen darstellte?
Standbild und Spiegel! Seine Augen umfaßten die
edle Gestalt dort am Rande des Blauen, und in auf-
schwärmendem Entzücken glaubte er mit diesem

Tadzio viewed as a classical sculpture

writing as sculpture

Blick das Schöne selbst zu begreifen, die Form als
Gottesgedanken, die eine und reine Vollkommenheit, die im Geiste lebt und von der ein mensch-
liches Abbild und Gleichnis hier leicht und hold
zur Anbetung aufgerichtet war. Das war der
Rausch; und unbedenklich, ja gierig hieß der
alternde Künstler ihn willkommen. Sein Geist
kreißte, seine Bildung geriet ins Wallen, sein Gedächtnis warf uralte, seiner Jugend überlieferte
und bis dahin niemals von eigenem Feuer belebte
Gedanken auf. Stand nicht geschrieben, daß die
Sonne unsere Aufmerksamkeit von den intellektuellen auf die sinnlichen Dinge wendet? Sie betäube
und bezaubere, hieß es, Verstand und Gedächtnis
dergestalt, daß die Seele vor Vergnügen ihres
eigentlichen Zustandes ganz vergesse und mit
staunender Bewunderung an dem schönsten der
besonnten Gegenstände hängen bleibe: ja, nur mit
Hilfe eines Körpers vermöge sie dann noch zu höherer Betrachtung sich zu erheben. Amor fürwahr
tat es den Mathematikern gleich, die unfähigen
Kindern greifbare Bilder der reinen Formen vor-
zeigen: So auch bediente der Gott sich, um uns das
Geistige sichtbar zu machen, gern der Gestalt und
Farbe menschlicher Jugend, die er zum Werkzeug
der Erinnerung mit allem Abglanz der Schönheit
schmückte und bei deren Anblick wir dann wohl in
Schmerz und Hoffnung entbrannten.

So dachte der Enthusiasmierte; so vermochte er zu
empfinden. Und aus Meerrausch und Sonnenglast
spann sich ihm ein reizendes Bild. Es war die alte
Platane unfern den Mauern Athens, – war jener
heilig-schattige, vom Dufte der Keuschbaumblü-
ten erfüllte Ort, den Weihbilder und fromme Gaben schmückten zu Ehren der Nymphen und des
Acheloos. Ganz klar fiel der Bach zu Füßen des
breitgeästeten Baums über glatte Kiesel; die Gril-
len geigten. Auf dem Rasen aber, der sanft abfiel,
so, daß man im Liegen den Kopf hochhalten
konnte, lagerten zwei, geborgen hier vor der Glut
des Tages: ein Ältlicher und ein Junger, ein Häß-
licher und ein Schöner, der Weise beim Liebenswürdigen. Und unter Artigkeiten und geistreich
werbenden Scherzen belehrte Sokrates den Phaidros über Sehnsucht und Tugend. Er sprach ihm
von dem heißen Erschrecken, das der Fühlende
leidet, wenn sein Auge ein Gleichnis der ewigen
Schönheit erblickt; sprach ihm von den Begierden
des Weihelosen und Schlechten, der die Schönheit
nicht denken kann, wenn er ihr Abbild sieht, und
der Ehrfurcht nicht fähig ist; sprach von der heili-
gen Angst, die den Edlen befällt, wenn ein gottglei-
ches Antlitz, ein vollkommener Leib ihm er-
scheint, – wie er dann aufbebt und außer sich ist
und hinzusehen sich kaum getraut und den ver-
ehrt, der die Schönheit hat, ja, ihm opfern würde,

wie einer Bildsäule, wenn er nicht fürchten müßte, den Menschen närrisch zu scheinen. Denn die Schönheit, mein Phaidros, nur sie, ist liebenswürdig und sichtbar zugleich: sie ist, merke das wohl! die einzige Form des Geistigen, welche wir sinnlich empfangen, sinnlich ertragen können. Oder was würde aus uns, wenn das Göttliche sonst, wenn Vernunft und Tugend und Wahrheit uns sinnlich erscheinen wollten? Würden wir nicht vergehen und verbrennen vor Liebe, wie Semele einstmals vor Zeus? So ist die Schönheit der Weg des Fühlenden zum Geiste, – nur der Weg, ein Mittel nur, kleiner Phaidros... Und dann sprach er das Feinste aus, der verschlagene Hofmacher: Dies, daß der Liebende göttlicher sei als der Geliebte, weil in jenem der Gott sei, nicht aber im andern, – diesen zärtlichsten, spöttischsten Gedanken vielleicht, der jemals gedacht ward und dem alle Schalkheit und heimlichste Wollust der Sehnsucht entspringt.

Glück des Schriftstellers ist der Gedanke, der ganz Gefühl, ist das Gefühl, das ganz Gedanke zu werden vermag. Solch ein pulsender Gedanke, solch genaues Gefühl gehörte und gehorchte dem Einsamen damals: nämlich, daß die Natur vor Wonne erschaure, wenn der Geist sich huldigend vor der Schönheit neige. Er wünschte plötzlich, zu schreiben. Zwar liebt Eros, heißt es, den Müßiggang und für solchen nur ist er geschaffen. Aber an diesem Punkte der Krisis war die Erregung des Heimgesuchten auf Produktion gerichtet. Fast gleichgültig der Anlaß. Eine Frage, eine Anregung, über ein gewisses großes und brennendes Problem der Kultur und des Geschmackes sich bekennend vernehmen zu lassen, war in die geistige Welt ergangen und bei dem Verreisten eingelaufen. Der Gegenstand war ihm geläufig, war ihm Erlebnis; sein Gelüst ihn im Licht seines Wortes erglänzen zu lassen auf einmal unwiderstehlich. Und zwar ging sein Verlangen dahin, in Tadzios Gegenwart zu arbeiten, beim Schreiben den Wuchs des Knaben zum Muster zu nehmen, seinen Stil den Linien dieses Körpers folgen zu lassen, der ihm göttlich schien, und seine Schönheit ins Geistige zu tragen, wie der Adler einst den troischen Hirten zum Äther trug. Nie hatte er die Lust des Wortes süßer empfunden, nie so gewußt, daß Eros im Worte sei, wie während der gefährlich köstlichen Stunden, in denen er, an seinem rohen Tische unter dem Schattentuch, im Angesicht des Idols und die Musik seiner Stimme im Ohr, nach Tadzios Schönheit seine kleine Abhandlung, – jene anderthalb Seiten erlesener Prosa formte, deren Lauterkeit, Adel und schwingende Gefühlsspannung binnen kurzem die Bewunderung vieler erregen sollte. Es ist sicher gut, daß die Welt nur das schöne Werk, nicht auch

seine Ursprünge, nicht seine Entstehungsbedin-
gungen kennt; denn die Kenntnis der Quellen, aus
denen dem Künstler Eingebung floß, würde sie
oftmals verwirren, abschrecken und so die Wirkungen des Vortrefflichen aufheben. Sonderbare
Stunden! Sonderbar entnervende Mühe! Seltsam
zeugender Verkehr des Geistes mit einem Körper!
Als Aschenbach seine Arbeit verwahrte und vom
Strande aufbrach, fühlte er sich erschöpft, ja zerrüttet, und ihm war, als ob sein Gewissen wie nach
einer Ausschweifung Klage führe.

Es war am folgenden Morgen, daß er, im Begriff
das Hotel zu verlassen, von der Freitreppe aus gewahrte, wie Tadzio, schon unterwegs zum Meere –
und zwar allein –, sich eben der Strandsperre
näherte. Der Wunsch, der einfache Gedanke, die
Gelegenheit zu nutzen und mit dem, der ihm un-
wissentlich so viel Erhebung und Bewegung bereitet, leichte, heitere Bekanntschaft zu machen, ihn
anzureden, sich seiner Antwort, seines Blickes zu
erfreuen, lag nahe und drängte sich auf. Der Schöne
ging schlendernd, er war einzuholen, und Aschenbach beschleunigte seine Schritte. Er erreicht
ihn auf dem Brettersteig hinter den Hütten, er will
ihm die Hand aufs Haupt, auf die Schulter legen
und irgendein Wort, eine freundliche französische
Phrase schwebt ihm auf den Lippen: da fühlt
er, daß sein Herz, vielleicht auch vom schnellen

Gang, wie ein Hammer schlägt, daß er, so knapp
bei Atem, nur gepreßt und bebend wird sprechen
können; er zögert, er sucht sich zu beherrschen, er
fürchtet plötzlich, schon zu lange dicht hinter dem
Schönen zu gehen, fürchtet sein Aufmerksamwer-
den, sein fragendes Umschauen, nimmt noch
einen Anlauf, versagt, verzichtet und geht gesenkten Hauptes vorüber.

Zu spät! dachte er in diesem Augenblick. Zu spät!
Jedoch war es zu spät? Dieser Schritt, den zu tun er
versäumte, er hätte sehr möglicherweise zum Gu-
ten, Leichten und Frohen, zu heilsamer Ernüchterung geführt. Allein es war wohl an dem, daß der
Alternde die Ernüchterung nicht wollte, daß der
Rausch ihm zu teuer war. Wer enträtselt Wesen
und Gepräge des Künstlertums! Wer begreift die
tiefe Instinktverschmelzung von Zucht und Zügellosigkeit, worin es beruht! Denn heilsame Ernüchterung nicht wollen zu können, ist Zügellosigkeit.
Aschenbach war zur Selbstkritik nicht mehr auf-
gelegt; der Geschmack, die geistige Verfassung
seiner Jahre, Selbstachtung, Reife und späte Einfachheit machten ihn nicht geneigt, Beweggründe
zu zergliedern und zu entscheiden, ob er aus Gewissen, ob aus Liederlichkeit und Schwäche sein
Vorhaben nicht ausgeführt habe. Er war verwirrt,
er fürchtete, daß irgend jemand, wenn auch der
Strandwächter nur, seinen Lauf, seine Niederlage

beobachtet haben möchte, fürchtete sehr die Lächerlichkeit. Im übrigen scherzte er bei sich selbst über seine komisch-heilige Angst. »Bestürzt«, dachte er, »bestürzt wie ein Hahn, der angstvoll seine Flügel im Kampfe hängen läßt. Das ist wahrlich der Gott, der beim Anblick des Liebenswürdigen so unseren Mut bricht und unseren stolzen Sinn so gänzlich zu Boden drückt...« Er spielte, schwärmte und war viel zu hochmütig, um ein Gefühl zu fürchten.

Schon überwachte er nicht mehr den Ablauf der Mußezeit, die er sich selber gewährt; der Gedanke an Heimkehr berührte ihn nicht einmal. Er hatte sich reichlich Geld verschrieben. Seine Besorgnis galt einzig der möglichen Abreise der polnischen Familie; doch hatte er unter der Hand, durch beiläufige Erkundigung beim Coiffeur des Hotels erfahren, daß diese Herrschaften ganz kurz vor seiner eigenen Ankunft hier abgestiegen seien. Die Sonne bräunte ihm Antlitz und Hände, der erregende Salzhauch stärkte ihn zum Gefühl, und wie er sonst jede Erquickung, die Schlaf, Nahrung oder Natur ihm gespendet, sogleich an ein Werk zu verausgaben gewohnt gewesen war, so ließ er nun alles, was Sonne, Muße und Meerluft ihm an täglicher Kräftigung zuführten, hochherzig-unwirtschaftlich aufgehen in Rausch und Empfindung.

Sein Schlaf war flüchtig; die köstlich einförmigen
Tage waren getrennt durch kurze Nächte voll
glücklicher Unruhe. Zwar zog er sich zeitig zurück, denn um neun Uhr, wenn Tadzio vom
Schauplatz verschwunden war, schien der Tag ihm
beendet. Aber ums erste Morgengrauen weckte ihn
ein zart durchdringendes Erschrecken, sein Herz
erinnerte sich seines Abenteuers, es litt ihn nicht
mehr in den Kissen, er erhob sich, und leicht einge-
hüllt gegen die Schauer der Frühe setzte er sich ans
offene Fenster, den Aufgang der Sonne zu erwarten. Das wundervolle Ereignis erfüllte seine vom
Schlafe geweihte Seele mit Andacht. Noch lagen
Himmel, Erde und Meer in geisterhaft glasiger
Dämmerblässe; noch schwamm ein vergehender
Stern im Wesenlosen. Aber ein Wehen kam, eine
beschwingte Kunde von unnahbaren Wohnplät-
zen, daß Eos sich von der Seite des Gatten erhebe,
und jenes erste, süße Erröten der fernsten Him-
mels- und Meeresstriche geschah, durch welches
das Sinnlichwerden der Schöpfung sich anzeigt.
Die Göttin nahte, die Jünglingsentführerin, die
den Kleitos, den Kephalos raubte und dem Neide
aller Olympischen trotzend die Liebe des schönen
Orion genoß. Ein Rosenstreuen begann da am
Rande der Welt, ein unsäglich holdes Scheinen
und Blühen, kindliche Wolken, verklärt, durch-
leuchtet, schwebten gleich dienenden Amoretten

Jünglingsfiguren der griechischen Mythologie,
die von Eos geraubt und verführt
wurden.

im rosigen, bläulichen Duft, Purpur fiel auf das Meer, das ihn wallend vorwärts zu schwemmen schien, goldene Speere zuckten von unten zur Höhe des Himmels hinauf, der Glanz ward zum Brande, lautlos, mit göttlicher Übergewalt wälzten sich Glut und Brunst und lodernde Flammen herauf, und mit raffenden Hufen stiegen des Bruders heilige Renner über den Erdkreis empor. Angestrahlt von der Pracht des Gottes saß der Einsam-Wache, er schloß die Augen und ließ von der Glorie seine Lider küssen. Ehemalige Gefühle, frühe, köstliche Drangsale des Herzens, die im strengen Dienst seines Lebens erstorben waren und nun so sonderbar gewandelt zurückkehrten, – er erkannte sie mit verwirrtem, verwundertem Lächeln. Er sann, er träumte, langsam bildeten seine Lippen einen Namen, und noch immer lächelnd, mit aufwärts gekehrtem Antlitz, die Hände im Schoß gefaltet, entschlummerte er in seinem Sessel noch einmal.

Aber der Tag, der so feurig-festlich begann, war im ganzen seltsam gehoben und mythisch verwandelt. Woher kam und stammte der Hauch, der auf einmal so sanft und bedeutend, höherer Einflüsterung gleich, Schläfe und Ohr umspielte? Weiße Federwölkchen standen in verbreiteten Scharen am Himmel, gleich weidenden Herden der Götter. Stärkerer Wind erhob sich, und die Rosse Posei-

dons liefen, sich bäumend, daher, Stiere auch
wohl, dem Bläulichgelockten gehörig, welche mit
Brüllen anrennend die Hörner senkten. Zwischen
dem Felsengeröll des entfernteren Strandes jedoch
hüpften die Wellen empor als springende Ziegen.
Eine heilig entstellte Welt voll panischen Lebens
schloß den Berückten ein, und sein Herz träumte
zarte Fabeln. Mehrmals, wenn hinter Venedig die
Sonne sank, saß er auf einer Bank im Park, um
Tadzio zuzuschauen, der sich, weiß gekleidet und
farbig gegürtet, auf dem gewalzten Kiesplatz mit
Ballspiel vergnügte, und Hyakinthos war es, den er
zu sehen glaubte, und der sterben mußte, weil zwei
Götter ihn liebten. Ja, er empfand Zephyrs
schmerzenden Neid auf den Nebenbuhler, der des
Orakels, des Bogens und der Kithara vergaß, um
immer mit dem Schönen zu spielen; er sah die
Wurfscheibe, von grausamer Eifersucht gelenkt,
das liebliche Haupt treffen, er empfing, erblassend
auch er, den geknickten Leib, und die Blume, dem
süßen Blute entsprossen, trug die Inschrift seiner
unendlichen Klage...
Seltsamer, heikler ist nichts als das Verhältnis von
Menschen, die sich nur mit den Augen kennen, —
die täglich, ja stündlich einander begegnen, beobachten
und dabei den Schein gleichgültiger
Fremdheit grußlos und wortlos aufrecht zu halten
durch Sittenzwang oder eigene Grille genötigt

sind. Zwischen ihnen ist Unruhe und überreizte Neugier, die Hysterie eines unbefriedigten, unnatürlich unterdrückten Erkenntnis- und Austauschbedürfnisses und namentlich auch eine Art von gespannter Achtung. Denn der Mensch liebt und ehrt den Menschen, solange er ihn nicht zu beurteilen vermag, und die Sehnsucht ist ein Erzeugnis mangelhafter Erkenntnis.

Irgendeine Beziehung und Bekanntschaft mußte sich notwendig ausbilden zwischen Aschenbach und dem jungen Tadzio, und mit durchdringender Freude konnte der Ältere feststellen, daß Teilnahme und Aufmerksamkeit nicht völlig unerwidert blieben. Was bewog zum Beispiel den Schönen, niemals mehr, wenn er morgens am Strande erschien, den Brettersteg an der Rückseite der Hütten zu benutzen, sondern nur noch auf dem vorderen Wege, durch den Sand, an Aschenbachs Wohnplatz vorbei und manchmal unnötig dicht an ihm vorbei, seinen Tisch, seinen Stuhl fast streifend, zur Hütte der Seinen zu schlendern? Wirkte so die Anziehung, die Faszination eines überlegenen Gefühls auf seinen zarten und gedankenlosen Gegenstand? Aschenbach erwartete täglich Tadzios Auftreten, und zuweilen tat er, als sei er beschäftigt, wenn es sich vollzog, und ließ den Schönen scheinbar unbeachtet vorübergehen. Zuweilen aber auch blickte er auf, und ihre Blicke

trafen sich. Sie waren beide tiefernst, wenn das geschah. In der gebildeten und würdevollen Miene
des Älteren verriet nichts eine innere Bewegung;
aber in Tadzios Augen war ein Forschen, ein nach-
denkliches Fragen, in seinen Gang kam ein Zö-
gern, er blickte zu Boden, er blickte lieblich wieder
auf, und wenn er vorüber war, so schien ein Etwas
in seiner Haltung auszudrücken, daß nur Erzie-
hung ihn hinderte, sich umzuwenden.

Einmal jedoch, eines Abends, begab es sich anders. Die polnischen Geschwister hatten nebst ihrer Gouvernante bei der Hauptmahlzeit im großen
Saale gefehlt, – mit Besorgnis hatte Aschenbach es
wahrgenommen. Er erging sich nach Tische, sehr
unruhig über ihren Verbleib, in Abendanzug und
Strohhut vor dem Hotel, zu Füßen der Terrasse,
als er plötzlich die nonnenähnlichen Schwestern
mit der Erzieherin und vier Schritte hinter ihnen
Tadzio im Lichte der Bogenlampen auftauchen
sah. Offenbar kamen sie von der Dampferbrücke,
nachdem sie aus irgendeinem Grunde in der Stadt
gespeist. Auf dem Wasser war es wohl kühl gewesen; Tadzio trug eine dunkelblaue Seemanns-
Überjacke mit goldenen Knöpfen und auf dem
Kopf eine zugehörige Mütze. Sonne und Seeluft
verbrannten ihn nicht, seine Hautfarbe war mar-
morhaft gelblich geblieben wie zu Beginn; doch
schien er blässer heute, als sonst, sei es infolge der

Kühle oder durch den bleichenden Mondschein
der Lampen. Seine ebenmäßigen Brauen zeichne-
ten sich schärfer ab, seine Augen dunkelten tief. Er
war schöner, als es sich sagen läßt, und Aschenbach empfand wie schon oftmals mit Schmerzen,
daß das Wort die sinnliche Schönheit nur zu prei-
sen, nicht wiederzugeben vermag.

Er war der teuren Erscheinung nicht gewärtig gewesen, sie kam unverhofft, er hatte nicht Zeit gehabt, seine Miene zu Ruhe und Würde zu befesti-
gen. Freude, Überraschung, Bewunderung mochten sich offen darin malen, als sein Blick dem des
Vermißten begegnete, – und in dieser Sekunde geschah es, daß Tadzio lächelte: ihn anlächelte,
sprechend, vertraut, liebreizend und unverhohlen,
mit Lippen, die sich im Lächeln erst langsam öff-
neten. Es war das Lächeln des Narziß, der sich
über das spiegelnde Wasser neigt, jenes tiefe, bezauberte, hingezogene Lächeln, mit dem er nach
dem Widerscheine der eigenen Schönheit die Arme
streckt, – ein ganz wenig verzerrtes Lächeln, ver-
zerrt von der Aussichtslosigkeit seines Trachtens,
die holden Lippen seines Schattens zu küssen,
kokett, neugierig und leise gequält, betört und be-
törend.

Der, welcher dies Lächeln empfangen, enteilte damit wie mit einem verhängnisvollen Geschenk. Er
war so sehr erschüttert, daß er das Licht der Ter-

rasse, des Vorgartens zu fliehen gezwungen war
und mit hastigen Schritten das Dunkel des rückwärtigen Parkes suchte. Sonderbar entrüstete und
zärtliche Vermahnungen entrangen sich ihm: »Du
darfst so nicht lächeln! Höre, man darf so nie-
mandem lächeln!« Er warf sich auf eine Bank, er
atmete außer sich den nächtlichen Duft der
Pflanzen. Und zurückgelehnt, mit hängenden Armen, überwältigt und mehrfach von Schauern
überlaufen, flüsterte er die stehende Formel der
Sehnsucht, – unmöglich hier, absurd, verworfen,
lächerlich und heilig doch, ehrwürdig auch hier
noch: »Ich liebe dich!«

Fünftes Kapitel

In der vierten Woche seines Aufenthalts auf dem
Lido machte Gustav von Aschenbach einige die
Außenwelt betreffende unheimliche Wahrnehmungen. Erstens schien es ihm, als ob bei steigen-
der Jahreszeit die Frequenz seines Gasthofes eher
ab- als zunähme, und insbesondere, als ob die
deutsche Sprache um ihn her versiege und ver-
stumme, so daß bei Tisch und am Strand endlich
nur noch fremde Laute sein Ohr trafen. Eines Tages dann fing er beim Coiffeur, den er jetzt häufig
besuchte, im Gespräche ein Wort auf, das ihn stut-

zig machte. Der Mann hatte einer deutschen Familie erwähnt, die soeben nach kurzem Verweilen abgereist war und setzte plaudernd und schmeichelnd hinzu: »Sie bleiben, mein Herr; Sie haben keine Furcht vor dem Übel.« Aschenbach sah ihn an. »Dem Übel?« wiederholte er. Der Schwätzer verstummte, tat beschäftigt, überhörte die Frage. Und als sie dringlicher gestellt ward, erklärte er, er wisse von nichts und suchte mit verlegener Beredsamkeit abzulenken.

Das war um Mittag. Nachmittags fuhr Aschenbach bei Windstille und schwerem Sonnenbrand nach Venedig; denn ihn trieb die Manie, den polnischen Geschwistern zu folgen, die er mit ihrer Begleiterin den Weg zur Dampferbrücke hatte einschlagen sehen. Er fand den Abgott nicht bei San Marco. Aber beim Tee, an seinem eisernen Rundtischchen auf der Schattenseite des Platzes sitzend, witterte er plötzlich in der Luft ein eigentümliches Arom, von dem ihm jetzt schien, als habe es schon seit Tagen, ohne ihm ins Bewußtsein zu dringen, seinen Sinn berührt, — einen süßlich-offizinellen Geruch, der an Elend und Wunden und verdächtige Reinlichkeit erinnerte. Er prüfte und erkannte ihn nachdenklich, beendete seinen Imbiß und verließ den Platz auf der dem Tempel gegenüberliegenden Seite. In der Enge verstärkte sich der Geruch. An den Straßenecken hafteten gedruckte Anschläge, durch welche die Bevölkerung wegen gewisser Erkrankungen des gastrischen Systems, die bei dieser Witterung an der Tagesordnung seien, vor dem Genusse von Austern und Muscheln, auch vor dem Wasser der Kanäle stadtväterlich gewarnt wurde. Die beschönigende Natur des Erlasses war deutlich. Volksgruppen standen schweigsam auf Brükken und Plätzen beisammen; und der Fremde stand spürend und grübelnd unter ihnen.

Einen Ladeninhaber, der zwischen Korallenschnüren und falschen Amethyst-Geschmeiden in der Tür seines Gewölbes lehnte, bat er um Auskunft über den fatalen Geruch. Der Mann maß ihn mit schweren Augen und ermunterte sich hastig. »Eine vorbeugende Maßregel, mein Herr!« antwortete er mit Gebärdenspiel. »Eine Verfügung der Polizei, die man billigen muß. Diese Witterung drückt, der Scirocco ist der Gesundheit nicht zuträglich. Kurz, Sie verstehen, – eine vielleicht übertriebene Vorsicht…« Aschenbach dankte ihm und ging weiter. Auch auf dem Dampfer, der ihn zum Lido zurücktrug, spürte er jetzt den Geruch des keimbekämpfenden Mittels.

Ins Hotel zurückgekehrt, begab er sich sogleich in die Halle zum Zeitungstisch und hielt in den Blättern Umschau. Er fand in den fremdsprachigen nichts. Die heimatlichen verzeichneten Gerüchte, führten schwankende Ziffern an, gaben amtliche

Ableugnungen wieder und bezweifelten deren Wahrhaftigkeit. So erklärte sich der Abzug des deutschen und österreichischen Elementes. Die Angehörigen der anderen Nationen wußten offenbar nichts, ahnten nichts, waren noch nicht beunruhigt. »Man soll schweigen!« dachte Aschenbach erregt, indem er die Journale auf den Tisch zurückwarf. »Man soll das verschweigen!« Aber zugleich füllte sein Herz sich mit Genugtuung über das Abenteuer, in welches die Außenwelt geraten wollte. Denn der Leidenschaft ist, wie dem Verbrechen, die gesicherte Ordnung und Wohlfahrt des Alltags nicht gemäß, und jede Lockerung des bürgerlichen Gefüges, jede Verwirrung und Heimsuchung der Welt muß ihr willkommen sein, weil sie ihren Vorteil dabei zu finden unbestimmt hoffen kann. So empfand Aschenbach eine dunkle Zufriedenheit über die obrigkeitlich bemäntelten Vorgänge in den schmutzigen Gäßchen Venedigs, – dieses schlimme Geheimnis der Stadt, das mit seinem eigensten Geheimnis verschmolz, und an dessen Bewahrung auch ihm so sehr gelegen war. Denn der Verliebte besorgte nichts, als daß Tadzio abreisen könnte und erkannte nicht ohne Entsetzen, daß er nicht mehr zu leben wissen werde, wenn das geschähe.

Neuerdings begnügte er sich nicht damit, Nähe und Anblick des Schönen der Tagesregel und dem

Glücke zu danken; er verfolgte ihn, er stellte ihm nach. Sonntags zum Beispiel erschienen die Polen niemals am Strande; er erriet, daß sie die Messe in San Marco besuchten, er eilte dorthin, und aus der Glut des Platzes in die goldene Dämmerung des Heiligtums eintretend, fand er den Entbehrten, über ein Betpult gebeugt beim Gottesdienst. Dann stand er im Hintergrunde, auf zerklüftetem Mosaikboden, inmitten knienden, murmelnden, kreuzschlagenden Volkes, und die gedrungene Pracht des morgenländischen Tempels lastete üppig auf seinen Sinnen. Vorn wandelte, hantierte und sang der schwergeschmückte Priester, Weihrauch quoll auf, er umnebelte die kraftlosen Flämmchen der Altarkerzen, und in den dumpfsüßen Opferduft schien sich leise ein anderer zu mischen: der Geruch der erkrankten Stadt. Aber durch Dunst und Gefunkel sah Aschenbach, wie der Schöne dort vorn den Kopf wandte, ihn suchte und ihn erblickte.

Wenn dann die Menge durch die geöffneten Portale hinausströmte auf den leuchtenden, von Tauben wimmelnden Platz, verbarg sich der Betörte in der Vorhalle, er versteckte sich, er legte sich auf die Lauer. Er sah die Polen die Kirche verlassen, sah, wie die Geschwister sich auf zeremoniöse Art von der Mutter verabschiedeten und wie diese sich heimkehrend zur Piazzetta wandte; er stellte fest, daß der Schöne, die klösterlichen Schwestern und die Gouvernante den Weg zur Rechten durch das Tor des Uhrturmes und in die Merceria einschlugen, und nachdem er sie einigen Vorsprung hatte gewinnen lassen, folgte er ihnen, folgte ihnen verstohlen auf ihrem Spaziergang durch Venedig. Er mußte stehen bleiben, wenn sie sich verweilten, mußte in Garküchen und Höfe flüchten, um die Umkehrenden vorüber zu lassen; er verlor sie, suchte erhitzt und erschöpft nach ihnen über Brücken und in schmutzigen Sackgassen und erduldete Minuten tödlicher Pein, wenn er sie plötzlich in enger Passage, wo kein Ausweichen möglich war, sich entgegenkommen sah. Dennoch kann man nicht sagen, daß er litt. Haupt und Herz waren ihm trunken, und seine Schritte folgten den Weisungen des Dämons, dem es Lust ist, des Menschen Vernunft und Würde unter seine Füße zu treten.

Irgendwo nahmen Tadzio und die Seinen dann wohl eine Gondel, und Aschenbach, den, während sie einstiegen, ein Vorbau, ein Brunnen verborgen gehalten hatte, tat, kurz nachdem sie vom Ufer abgestoßen, ein Gleiches. Er sprach hastig und gedämpft, wenn er den Ruderer, unter dem Versprechen eines reichlichen Trinkgeldes, anwies, jener Gondel, die eben dort um die Ecke biege, unauffällig in einigem Abstand zu folgen; und es überrie-

selte ihn, wenn der Mensch, mit der spitzbübi-
schen Erbötigkeit eines Gelegenheitsmachers, ihm
in demselben Tone versicherte, daß er bedient,
daß er gewissenhaft bedient werden solle.

So glitt und schwankte er denn, in weiche,
schwarze Kissen gelehnt, der anderen schwarzen,
geschnabelten Barke nach, an deren Spur die Passion ihn fesselte. Zuweilen entschwand sie ihm:
dann fühlte er Kummer und Unruhe. Aber sein
Führer, als sei er in solchen Aufträgen wohl geübt,
wußte ihm stets durch schlaue Manöver, durch rasche Querfahrten und Abkürzungen das Begehrte
wieder vor Augen zu bringen. Die Luft war still
und riechend, schwer brannte die Sonne durch den
Dunst, der den Himmel schieferig färbte. Wasser
schlug glucksend gegen Holz und Stein. Der Ruf
des Gondoliers, halb Warnung, halb Gruß, ward
fernher aus der Stille des Labyrinths nach sonder-
barer Übereinkunft beantwortet. Aus kleinen,
hochliegenden Gärten hingen Blütendolden, weiß
und purpurn, nach Mandeln duftend, über mor-
sches Gemäuer. Arabische Fensterumrahmungen
bildeten sich im Trüben ab. Die Marmorstufen
einer Kirche stiegen in die Flut; ein Bettler, darauf
kauernd, sein Elend beteuernd, hielt seinen Hut
hin und zeigte das Weiße der Augen, als sei er
blind; ein Altertumshändler, vor seiner Spelunke,
lud den Vorüberziehenden mit kriecherischen Ge-

bärden zum Aufenthalt ein, in der Hoffnung, ihn
zu betrügen. Das war Venedig, die schmeichleri-
sche und verdächtige Schöne, — diese Stadt, halb
Märchen, halb Fremdenfalle, in deren fauliger
Luft die Kunst einst schwelgerisch aufwucherte
und welche den Musikern Klänge eingab, die wie-
gen und buhlerisch einlullen. Dem Abenteuernden
war es, als tränke sein Auge dergleichen Üppig-
keit, als würde sein Ohr von solchen Melodien umworben; er erinnerte sich auch, daß die Stadt
krank sei und es aus Gewinnsucht verheimliche,
und er spähte ungezügelter aus nach der voran-
schwebenden Gondel.

So wußte und wollte denn der Verwirrte nichts anderes mehr, als den Gegenstand, der ihn entzündete, ohne Unterlaß zu verfolgen, von ihm zu träu-
men, wenn er abwesend war, und, nach der Weise
der Liebenden, seinem bloßen Schattenbild zärtliche Worte zu geben. Einsamkeit, Fremde und das
Glück eines späten und tiefen Rausches ermutigten und überredeten ihn, sich auch das Befremd-
lichste ohne Scheu und Erröten durchgehen zu lassen, wie es denn vorgekommen war, daß er, spät
abends von Venedig heimkehrend, im ersten Stock
des Hotels an des Schönen Zimmertür Halt ge-
macht, seine Stirn in völliger Trunkenheit an die
Angel der Tür gelehnt und sich lange von dort
nicht zu trennen vermocht hatte, auf die Gefahr, in

einer so wahnsinnigen Lage ertappt und betroffen zu werden.

Dennoch fehlte es nicht an Augenblicken des Innehaltens und der halben Besinnung. Auf welchen Wegen! dachte er dann mit Bestürzung. Auf welchen Wegen! Wie jeder Mann, dem natürliche Verdienste ein aristokratisches Interesse für seine Abstammung einflößen, war er gewohnt, bei den Leistungen und Erfolgen seines Lebens der Vorfahren zu gedenken, sich ihrer Zustimmung, ihrer Genugtuung, ihrer notgedrungenen Achtung im Geiste zu versichern. Er dachte ihrer auch jetzt und hier, verstrickt in ein so unstatthaftes Erlebnis, begriffen in so exotischen Ausschweifungen des Gefühls, gedachte der haltungsvollen Strenge, der anständigen Männlichkeit ihres Wesens und lächelte schwermütig. Was würden sie sagen? Aber freilich, was hätten sie zu seinem ganzen Leben gesagt, das von dem ihren so bis zur Entartung abgewichen war, zu diesem Leben im Banne der Kunst, über das er selbst einst, im Bürgersinne der Väter, so spöttische Jünglingserkenntnisse hatte verlauten lassen und das dem ihren im Grunde so ähnlich gewesen war! Auch er hatte gedient, auch er war Soldat und Kriegsmann gewesen, gleich manchem von ihnen, – denn die Kunst war ein Krieg, ein aufreibender Kampf, für welchen man heute nicht lange taugte. Ein Leben der Selbstüberwindung und des Trotzdem, ein herbes, standhaftes und enthaltsames Leben, das er zum Sinnbild für einen zarten und zeitgemäßen Heroismus gestaltet hatte, – wohl durfte er es männlich, durfte es tapfer nennen, und es wollte ihm scheinen, als sei der Eros, der sich seiner bemeistert, einem solchen Leben auf irgendeine Weise besonders gemäß und geneigt. Hatte er nicht bei den tapfersten Völkern vorzüglich in Ansehen gestanden, ja, hieß es nicht, daß er durch Tapferkeit in ihren Städten geblüht habe? Zahlreiche Kriegshelden der Vorzeit hatten willig sein Joch getragen, denn gar keine Erniedrigung galt, die der Gott verhängte, und Taten, die als Merkmale der Feigheit wären gescholten worden, wenn sie um anderer Zwecke willen geschehen wären: Fußfälle, Schwüre, inständige Bitten und sklavisches Wesen, solche gereichten dem Liebenden nicht zur Schande, sondern er erntete vielmehr noch Lob dafür.

So war des Betörten Denkweise bestimmt, so suchte er sich zu stützen, seine Würde zu wahren. Aber zugleich wandte er beständig eine spürende und eigensinnige Aufmerksamkeit den unsauberen Vorgängen im Inneren Venedigs zu, jenem Abenteuer der Außenwelt, das mit dem seines Herzens dunkel zusammenfloß und seine Leidenschaft mit unbestimmten, gesetzlosen Hoffnungen nährte. Versessen darauf, Neues und Sicheres über Stand und Fortschritt des Übels zu erfahren, durchstöberte er in den Kaffeehäusern der Stadt die heimatlichen Blätter, da sie vom Lesetisch der Hotelhalle seit mehreren Tagen verschwunden waren. Behauptungen und Widerrufe wechselten darin. Die Zahl der Erkrankungs-, der Todesfälle sollte sich auf zwanzig, auf vierzig, ja hundert und mehr belaufen, und gleich darauf wurde jedes Auftreten der Seuche, wenn nicht rundweg in Abrede gestellt, so doch auf völlig vereinzelte, von außen eingeschleppte Fälle zurückgeführt. Warnende Bedenken, Proteste gegen das gefährliche Spiel der welschen Behörden waren eingestreut. Gewißheit war nicht zu erlangen.

Dennoch war sich der Einsame eines besonderen Anrechtes bewußt, an dem Geheimnis teilzuhaben, und, gleichwohl ausgeschlossen, fand er eine bizarre Genugtuung darin, die Wissenden mit verfänglichen Fragen anzugehen und sie, die zum Schweigen verbündet waren, zur ausdrücklichen Lüge zu nötigen. Eines Tages beim Frühstück im großen Speisesaal stellte er so den Geschäftsführer zur Rede, jenen kleinen, leise auftretenden Menschen im französischen Gehrock, der sich grüßend und beaufsichtigend zwischen den Speisenden bewegte und auch an Aschenbachs Tischchen zu einigen Plauderworten Halt machte. Warum man denn eigentlich, fragte der Gast in lässiger und beiläufiger Weise, warum in aller Welt man seit einiger Zeit Venedig desinfiziere? – »Es handelt sich«, antwortete der Schleicher, »um eine Maßnahme der Polizei, bestimmt, allerlei Unzuträglichkeiten oder Störungen der öffentlichen Gesundheit, welche durch die brütende und ausnehmend warme Witterung erzeugt werden möchten, pflichtgemäß und bei Zeiten hintanzuhalten.« – »Die Polizei ist zu loben«, erwiderte Aschenbach; und nach Austausch einiger meteorologischer Bemerkungen empfahl sich der Manager.

Selbigen Tages noch, abends, nach dem Diner, geschah es, daß eine kleine Bande von Straßensängern aus der Stadt sich im Vorgarten des Gasthofes hören ließ. Sie standen, zwei Männer und zwei Weiber, an dem eisernen Mast einer Bogenlampe und wandten ihre weißbeschienenen Gesichter zur großen Terrasse empor, wo die Kurgesellschaft sich bei Kaffee und kühlenden Getränken die volkstümliche Darbietung gefallen ließ. Das Hotel-Personal, Liftboys, Kellner und Angestellte des Office, zeigte sich lauschend an den Türen zur Halle. Die russische Familie, eifrig und genau im Genuß, hatte sich Rohrstühle in den Garten hinabstellen lassen, um den Ausübenden näher zu sein, und saß dort dankbar im Halbkreise. Hinter der Herrschaft, in turbanartigem Kopftuch, stand ihre alte Sklavin.

Mandoline, Guitarre, Harmonika und eine quin-
kelierende Geige waren unter den Händen der
Bettelvirtuosen in Tätigkeit. Mit instrumentalen
Durchführungen wechselten Gesangsnummern,
wie denn das jüngere der Weiber, scharf und quä-
kend von Stimme, sich mit dem süß falsettieren-
den Tenor zu einem verlangenden Liebesduett zu-
sammentat. Aber als das eigentliche Talent und
Haupt der Vereinigung zeigte sich unzweideutig
der andere der Männer, Inhaber der Guitarre und
im Charakter eine Art Bariton-Buffo, fast ohne
Stimme dabei, aber mimisch begabt und von be-
merkenswerter komischer Energie. Oftmals löste
er sich, sein großes Instrument im Arm, von der
Gruppe der anderen los und drang agierend gegen
die Rampe vor, wo man seine Eulenspiegeleien mit
aufmunterndem Lachen belohnte. Namentlich die
Russen, in ihrem Parterre, zeigten sich entzückt
über soviel südliche Beweglichkeit und ermutigten
ihn durch Beifall und Zurufe, immer kecker und
sicherer aus sich heraus zu gehen.
Aschenbach saß an der Balustrade und kühlte zuweilen die Lippen mit einem Gemisch aus Granat-
apfelsaft und Soda, das vor ihm rubinrot im Glase
funkelte. Seine Nerven nahmen die dudelnden
Klänge, die vulgären und schmachtenden Melodien begierig auf, denn die Leidenschaft lähmt den
wählerischen Sinn und läßt sich allen Ernstes mit

Reizen ein, welche die Nüchternheit humoristisch aufnehmen oder unwillig ablehnen würde. Seine Züge waren durch die Sprünge des Gauklers zu einem fix gewordenen und schon schmerzenden Lächeln verrenkt. Er saß lässig da, während eine äußerste Aufmerksamkeit sein Inneres spannte; denn sechs Schritte von ihm lehnte Tadzio am Steingeländer.

Er stand dort in dem weißen Gürtelanzug, den er zuweilen zur Hauptmahlzeit anlegte, in unvermeidlicher und anerschaffener Grazie, den linken Unterarm auf der Brüstung, die Füße gekreuzt, die rechte Hand in der tragenden Hüfte, und blickte mit einem Ausdruck, der kaum ein Lächeln, nur eine entfernte Neugier, ein höfliches Entgegennehmen war, zu den Bänkelsängern hinab. Manchmal richtete er sich gerade auf und zog, indem er die Brust dehnte, mit einer schönen Bewegung beider Arme den weißen Kittel durch den Ledergürtel hinunter. Manchmal aber auch, und der Alternde gewahrte es mit Triumph, mit einem Taumeln seiner Vernunft und auch mit Entsetzen, wandte er zögernd und behutsam oder auch rasch und plötzlich, als gelte es eine Überrumpelung, den Kopf über die linke Schulter gegen den Platz seines Liebhabers. Er fand nicht dessen Augen, denn eine schmähliche Besorgnis zwang den Verirrten, seine Blicke ängstlich im Zaum zu halten. Im Hintergrund der Terrasse saßen die Frauen, die Tadzio behüteten, und es war dahin gekommen, daß der Verliebte fürchten mußte, auffällig geworden und beargwöhnt zu sein. Ja, mit einer Art von Erstarrung hatte er mehrmals, am Strande, in der Hotelhalle und auf der Piazza San Marco, zu bemerken gehabt, daß man Tadzio aus seiner Nähe zurückrief, ihn von ihm fernzuhalten bedacht war – und eine furchtbare Beleidigung daraus entnehmen müssen, unter der sein Stolz sich in ungekannten Qualen wand und welche von sich zu weisen sein Gewissen ihn hinderte.

Unterdessen hatte der Guitarrist zu eigener Begleitung ein Solo begonnen, einen mehrstrophigen, eben in ganz Italien florierenden Gassenhauer, in dessen Kehrreim seine Gesellschaft jedesmal mit Gesang und sämtlichem Musikzeug einfiel und den er auf eine plastisch-dramatische Art zum Vortrag zu bringen wußte. Schmächtig gebaut und auch von Antlitz mager und ausgemergelt, stand er, abgetrennt von den Seinen, den schäbigen Filz im Nacken, so daß ein Wulst seines roten Haars unter der Krempe hervorquoll, in einer Haltung von frecher Bravour auf dem Kies und schleuderte zum Schollern der Saiten in eindringlichem Sprechgesang seine Späße zur Terrasse empor, indes vor produzierender Anstrengung die Adern auf seiner Stirne schwollen. Er schien nicht

venezianischen Schlages, vielmehr von der Rasse
der neapolitanischen Komiker, halb Zuhälter,
halb Komödiant, brutal und verwegen, gefährlich
und unterhaltend. Sein Lied, lediglich albern dem
Wortlaut nach, gewann in seinem Munde, durch
sein Mienenspiel, seine Körperbewegungen, seine
Art, andeutend zu blinzeln und die Zunge schlüpf-
rig im Mundwinkel spielen zu lassen etwas Zwei-
deutiges, unbestimmt Anstößiges. Dem weichen
Kragen des Sporthemdes, das er zu übrigens städ-
tischer Kleidung trug, entwuchs sein hagerer Hals
mit auffallend groß und nackt wirkendem Adamsapfel. Sein bleiches, stumpfnäsiges Gesicht, aus
dessen bartlosen Zügen schwer auf sein Alter zu
schließen war, schien durchpflügt von Grimassen
und Laster, und sonderbar wollten zum Grinsen
seines beweglichen Mundes die beiden Furchen
passen, die trotzig, herrisch, fast wild zwischen
seinen rötlichen Brauen standen. Was jedoch des
Einsamen tiefe Achtsamkeit eigentlich auf ihn
lenkte, war die Bemerkung, daß die verdächtige
Figur auch ihre eigene verdächtige Atmosphäre
mit sich zu führen schien. Jedesmal nämlich, wenn
der Refrain wieder einsetzte, unternahm der Sän-
ger unter Faxen und grüßendem Handschütteln
einen grotesken Rundmarsch, der ihn unmittelbar
unter Aschenbachs Platz vorüberführte, und jedesmal, wenn das geschah, wehte, von seinen Klei-

dern, seinem Körper ausgehend, ein Schwaden
starken Karbolgeruchs zur Terrasse empor.

Nach geendigtem Couplet begann er, Geld ein-
zuziehen. Er fing bei den Russen an, die man bereitwillig spenden sah, und kam dann die Stufen
herauf. So frech er sich bei der Produktion be-
nommen, so demütig zeigte er sich hier oben. Katz-
buckelnd, unter Kratzfüßen schlich er zwischen
den Tischen umher, und ein Lächeln tückischer
Unterwürfigkeit entblößte seine starken Zähne,
während doch immer noch die beiden Furchen
drohend zwischen seinen roten Brauen standen.
Man musterte das fremdartige, seinen Unterhalt
einsammelnde Wesen mit Neugier und einigem
Abscheu, man warf mit spitzen Fingern Münzen in
seinen Filz und hütete sich, ihn zu berühren. Die
Aufhebung der physischen Distanz zwischen dem
Komödianten und den Anständigen erzeugt, und
war das Vergnügen noch so groß, stets eine gewisse
Verlegenheit. Er fühlte sie und suchte, sich durch
Kriecherei zu entschuldigen. Er kam zu Aschenbach und mit ihm der Geruch, über den niemand
ringsum sich Gedanken zu machen schien.

»Höre!« sagte der Einsame gedämpft und fast mechanisch. »Man desinfiziert Venedig. Warum?« —
Der Spaßmacher antwortete heiser: »Von wegen
der Polizei! Das ist Vorschrift, mein Herr, bei solcher Hitze und bei Scirocco. Der Scirocco drückt.

Er ist der Gesundheit nicht zuträglich...« Er
sprach wie verwundert darüber, daß man dergleichen fragen könne und demonstrierte mit der fla-
chen Hand, wie sehr der Scirocco drücke. – »Es ist
also kein Übel in Venedig?« fragte Aschenbach
sehr leise und zwischen den Zähnen. – Die musku-
lösen Züge des Possenreißers fielen in eine Gri-
masse komischer Ratlosigkeit. »Ein Übel? Aber
was für ein Übel? Ist der Scirocco ein Übel? Ist
vielleicht unsere Polizei ein Übel? Sie belieben zu
scherzen! Ein Übel! Warum nicht gar! Eine vorbeugende Maßregel, verstehen Sie doch! Eine
polizeiliche Anordnung gegen die Wirkungen der
drückenden Witterung...« Er gestikulierte. – »Es
ist gut«, sagte Aschenbach wiederum kurz und
leise und ließ rasch ein ungebührlich bedeutendes
Geldstück in den Hut fallen. Dann winkte er dem
Menschen mit den Augen, zu gehen. Er gehorchte
grinsend, unter Bücklingen. Aber er hatte noch
nicht die Treppe erreicht, als zwei Hotel-Ange-
stellte sich auf ihn warfen und ihn, ihre Gesichter
dicht an dem seinen, in ein geflüstertes Kreuzver-
hör nahmen. Er zuckte die Achseln, er gab Beteue-
rungen, er schwor, verschwiegen gewesen zu sein;
man sah es. Entlassen, kehrte er in den Garten zurück, und, nach einer kurzen Verabredung mit den
Seinen unter der Bogenlampe, trat er zu einem
Dank- und Abschiedsliede noch einmal vor.

Es war ein Lied, das jemals gehört zu haben der Einsame sich nicht erinnerte; ein dreister Schlager in unverständlichem Dialekt und ausgestattet mit einem Lach-Refrain, in den die Bande regelmäßig aus vollem Halse einfiel. Es hörten hierbei sowohl die Worte wie auch die Begleitung der Instrumente auf, und nichts blieb übrig als ein rhythmisch irgendwie geordnetes, aber sehr natürlich behandeltes Lachen, das namentlich der Solist mit großem Talent zu täuschendster Lebendigkeit zu gestalten wußte. Er hatte bei wiederhergestelltem künstlerischen Abstand zwischen ihm und den Herrschaften seine ganze Frechheit wiedergefunden, und sein Kunstlachen, unverschämt zur Terrasse emporgesandt, war Hohngelächter. Schon gegen das Ende des artikulierten Teiles der Strophe schien er mit einem unwiderstehlichen Kitzel zu kämpfen. Er schluchzte, seine Stimme schwankte, er preßte die Hand gegen den Mund, er verzog die Schultern, und im gegebenen Augenblick brach, heulte und platzte das unbändige Lachen aus ihm hervor, mit solcher Wahrheit, daß es ansteckend wirkte und sich den Zuhörern mitteilte, daß auch auf der Terrasse eine gegenstandlose und nur von sich selbst lebende Heiterkeit um sich griff. Dies aber eben schien des Sängers Ausgelassenheit zu verdoppeln. Er beugte die Knie, er schlug die Schenkel, er hielt sich die Seiten, er wollte sich ausschütten, er lachte nicht mehr, er schrie; er wies mit dem Finger hinauf, als gäbe es nichts Komischeres als die lachende Gesellschaft dort oben, und endlich lachte dann alles im Garten und auf der Veranda, bis zu den Kellnern, Liftboys und Hausdienern in den Türen.

Aschenbach ruhte nicht mehr im Stuhl, er saß aufgerichtet wie zum Versuche der Abwehr oder Flucht. Aber das Gelächter, der heraufwehende Hospitalgeruch und die Nähe des Schönen verwoben sich ihm zu einem Traumbann, der unzerreißbar und unentrinnbar sein Haupt, seinen Sinn umfangen hielt. In der allgemeinen Bewegung und Zerstreuung wagte er es, zu Tadzio hinüberzublikken, und indem er es tat, durfte er bemerken, daß der Schöne, in Erwiderung seines Blickes, ebenfalls ernst blieb, ganz so, als richte er Verhalten und Miene nach der des anderen und als vermöge die allgemeine Stimmung nichts über ihn, da jener sich ihr entzog. Diese kindliche und beziehungsvolle Folgsamkeit hatte etwas so Entwaffnendes, Überwältigendes, daß der Grauhaarige sich mit Mühe enthielt, sein Gesicht in den Händen zu verbergen. Auch hatte es ihm geschienen, als bedeute Tadzios gelegentliches Sichaufrichten und Aufatmen ein Seufzen, eine Beklemmung der Brust. »Er ist kränklich, er wird wahrscheinlich nicht alt werden«, dachte er wiederum mit jener Sachlichkeit,

zu welcher Rausch und Sehnsucht bisweilen sich
sonderbar emanzipieren; und reine Fürsorge zugleich mit einer ausschweifenden Genugtuung erfüllte sein Herz.
Die Venezianer unterdessen hatten geendigt und
zogen ab. Beifall begleitete sie, und ihr Anführer
versäumte nicht, noch seinen Abgang mit Späßen
auszuschmücken. Seine Kratzfüße, seine Kuß-
hände wurden belacht, und er verdoppelte sie
daher. Als die Seinen schon draußen waren, tat
er noch, als renne er rückwärts empfindlich gegen einen Lampenmast und schlich scheinbar
krumm vor Schmerzen zur Pforte. Dort endlich
warf er auf einmal die Maske des komischen
Pechvogels ab, richtete sich, ja schnellte elastisch
auf, bleckte den Gästen auf der Terrasse frech
die Zunge heraus und schlüpfte ins Dunkel. Die
Badegesellschaft verlor sich; Tadzio stand längst
nicht mehr an der Balustrade. Aber der Einsame
saß noch lange, zum Befremden der Kellner, bei
dem Rest seines Granatapfel-Getränks an seinem
Tischchen. Die Nacht schritt vor, die Zeit zerfiel.
Im Hause seiner Eltern, vor vielen Jahren, hatte
es eine Sanduhr gegeben, – er sah das gebrech-
liche und bedeutende Gerätchen auf einmal wieder, als stünde es vor ihm. Lautlos und fein rann
der rostrot gefärbte Sand durch die gläserne Enge,
und da er in der oberen Höhlung zur Neige ging,

hatte sich dort ein kleiner, reißender Strudel gebildet.

Schon am folgenden Tage, nachmittags, tat der Starrsinnige einen neuen Schritt zur Versuchung der Außenwelt und diesmal mit allem möglichen Erfolge. Er trat nämlich vom Markusplatz in das dort gelegene englische Reisebureau, und nachdem er an der Kasse einiges Geld gewechselt, richtete er mit der Miene des mißtrauischen Fremden an den ihn bedienenden Clerk seine fatale Frage. Es war ein wollig gekleideter Brite, noch jung, mit in der Mitte geteiltem Haar, nahe beieinander liegenden Augen und von jener gesetzten Loyalität des Wesens, die im spitzbübisch behenden Süden so fremd, so merkwürdig anmutet. Er fing an: »Kein Grund zur Besorgnis, Sir. Eine Maßregel ohne ernste Bedeutung. Solche Anordnungen werden häufig getroffen, um gesundheitsschädlichen Wirkungen der Hitze und des Scirocco vorzubeugen...« Aber seine blauen Augen aufschlagend, begegnete er dem Blicke des Fremden, einem müden und etwas traurigen Blick, der mit leichter Verachtung auf seine Lippen gerichtet war. Da errötete der Engländer. »Dies ist«, fuhr er halblaut und in einiger Bewegung fort, »die amtliche Erklärung, auf der zu bestehen man hier für gut befindet. Ich werde Ihnen sagen, daß noch etwas anderes dahinter steckt.« Und dann sagte er in seiner redlichen und bequemen Sprache die Wahrheit.

Seit mehreren Jahren schon hatte die indische Cholera eine verstärkte Neigung zur Ausbreitung und Wanderung an den Tag gelegt. Erzeugt aus den warmen Morästen des Ganges-Deltas, aufgestiegen mit dem mephitischen Odem jener üppig-untauglichen, von Menschen gemiedenen Urwelt- und Inselwildnis, in deren Bambusdickichten der Tiger kauert, hatte die Seuche in ganz Hindustan andauernd und ungewöhnlich heftig gewütet, hatte östlich nach China, westlich nach Afghanistan und Persien übergegriffen und, den Hauptstraßen des Karawanenverkehrs folgend, ihre Schrecken bis Astrachan, ja selbst bis Moskau getragen. Aber während Europa zitterte, das Gespenst möchte von dort aus und zu Lande seinen Einzug halten, war es, von syrischen Kauffahrern übers Meer verschleppt, fast gleichzeitig in mehreren Mittelmeerhäfen aufgetaucht, hatte in Toulon und Malaga sein Haupt erhoben, in Palermo und Neapel mehrfach seine Maske gezeigt und schien aus ganz Kalabrien und Apulien nicht mehr weichen zu wollen. Der Norden der Halbinsel war verschont geblieben. Jedoch Mitte Mai dieses Jahres fand man zu Venedig an ein und demselben Tage die furchtbaren Vibrionen in den ausgemergelten, schwärzlichen Leichnamen eines Schifferknechtes

und einer Grünwarenhändlerin. Die Fälle wurden
verheimlicht. Aber nach einer Woche waren es
deren zehn, waren es zwanzig, dreißig und zwar
in verschiedenen Quartieren. Ein Mann aus der
österreichischen Provinz, der sich zu seinem Vergnügen einige Tage in Venedig aufgehalten, starb,
in sein Heimatstädtchen zurückgekehrt, unter un-
zweideutigen Anzeichen, und so kam es, daß die
ersten Gerüchte von der Heimsuchung der Lagu-
nenstadt in deutsche Tagesblätter gelangten. Venedigs Obrigkeit ließ antworten, daß die Gesund-
heitsverhältnisse der Stadt nie besser gewesen
seien und traf die notwendigsten Maßregeln zur
Bekämpfung. Aber wahrscheinlich waren Nah-
rungsmittel infiziert worden, Gemüse, Fleisch
oder Milch, denn geleugnet und vertuscht fraß das
Sterben in der Enge der Gäßchen um sich, und die
vorzeitig eingefallene Sommerhitze, welche das
Wasser der Kanäle laulich erwärmte, war der Ver-
breitung besonders günstig. Ja, es schien, als ob die
Seuche eine Neubelebung ihrer Kräfte erfahren,
als ob die Tenazität und Fruchtbarkeit ihrer Erre-
ger sich verdoppelt hätte. Fälle der Genesung waren selten; achtzig vom Hundert der Befallenen
starben und zwar auf entsetzliche Weise, denn das
Übel trat mit äußerster Wildheit auf und zeigte
häufig jene gefährlichste Form, welche »die trok-
kene« benannt ist. Hierbei vermochte der Körper

das aus den Blutgefäßen massenhaft abgesonderte Wasser nicht einmal auszutreiben. Binnen wenigen Stunden verdorrte der Kranke und erstickte am pechartig zähe gewordenen Blut unter Krämpfen und heiseren Klagen. Wohl ihm, wenn, was zuweilen geschah, der Ausbruch nach leichtem Übelbefinden in Gestalt einer tiefen Ohnmacht erfolgte, aus der er nicht mehr oder kaum noch erwachte. Anfang Juni füllten sich in der Stille die Isolierbaracken des Ospedale civico, in den beiden Waisenhäusern begann es an Platz zu mangeln, und ein schauerlich reger Verkehr herrschte zwischen dem Kai der neuen Fundamente und San Michele, der Friedhofsinsel. Aber die Furcht vor allgemeiner Schädigung, die Rücksicht auf die kürzlich eröffnete Gemäldeausstellung in den öffentlichen Gärten, auf die gewaltigen Ausfälle, von denen im Falle der Panik und des Verrufes die Hotels, die Geschäfte, das ganze vielfältige Fremdengewerbe bedroht waren, zeigte sich mächtiger in der Stadt als Wahrheitsliebe und Achtung vor internationalen Abmachungen; sie vermochte die Behörde, ihre Politik des Verschweigens und des Ableugnens hartnäckig aufrecht zu erhalten. Der oberste Medizinalbeamte Venedigs, ein verdienter Mann, war entrüstet von seinem Posten zurückgetreten und unter der Hand durch eine gefügigere Persönlichkeit ersetzt worden. Das Volk wußte das; und die Korruption der Oberen zusammen mit der herrschenden Unsicherheit, dem Ausnahmezustand, in welchen der umgehende Tod die Stadt versetzte, brachte eine gewisse Entsittlichung der unteren Schichten hervor, eine Ermutigung lichtscheuer und antisozialer Triebe, die sich in Unmäßigkeit, Schamlosigkeit und wachsender Kriminalität bekundete. Gegen die Regel bemerkte man abends viele Betrunkene; bösartiges Gesindel machte, so hieß es, nachts die Straßen unsicher; räuberische Anfälle und selbst Mordtaten wiederholten sich, denn schon zweimal hatte sich erwiesen, daß angeblich der Seuche zum Opfer gefallene Personen vielmehr von ihren eigenen Anverwandten mit Gift aus dem Leben geräumt worden waren; und die gewerbsmäßige Liederlichkeit nahm aufdringliche und ausschweifende Formen an, wie sie sonst hier nicht bekannt und nur im Süden des Landes und im Orient zu Hause gewesen waren.

Von diesen Dingen sprach der Engländer das Entscheidende aus. »Sie täten gut«, schloß er, »lieber heute als morgen zu reisen. Länger als ein paar Tage noch, kann die Verhängung der Sperre kaum auf sich warten lassen.« – »Danke Ihnen«, sagte Aschenbach und verließ das Amt.

Der Platz lag in sonnenloser Schwüle. Unwissende Fremde saßen vor den Cafés oder standen, ganz

von Tauben bedeckt, vor der Kirche und sahen zu,
wie die Tiere, wimmelnd, flügelschlagend, einander verdrängend, nach den in hohlen Händen
dargebotenen Maiskörnern pickten. In fiebriger
Erregung, triumphierend im Besitze der Wahrheit,
einen Geschmack von Ekel dabei auf der Zunge
und ein phantastisches Grauen im Herzen, schritt
der Einsame die Fliesen des Prachthofes auf und
nieder. Er erwog eine reinigende und anständige
Handlung. Er konnte heute Abend nach dem
Diner der perlengeschmückten Frau sich nähern
und zu ihr sprechen, was er wörtlich entwarf:
»Gestatten Sie dem Fremden, Madame, Ihnen mit
einem Rat, einer Warnung zu dienen, die der
Eigennutz Ihnen vorenthält. Reisen Sie ab, sogleich, mit Tadzio und Ihren Töchtern! Venedig
ist verseucht.« Er konnte dann dem Werkzeug
einer höhnischen Gottheit zum Abschied die Hand
aufs Haupt legen, sich wegwenden und diesem
Sumpfe entfliehen. Aber er fühlte zugleich, daß er
unendlich weit entfernt war, einen solchen Schritt
im Ernste zu wollen. Er würde ihn zurückfüh-
ren, würde ihn sich selber wiedergeben; aber wer
außer sich ist, verabscheut nichts mehr, als wieder
in sich zu gehen. Er erinnerte sich eines weißen
Bauwerks, geschmückt mit abendlich gleißenden
Inschriften, in deren durchscheinender Mystik
das Auge seines Geistes sich verloren hatte; jener

seltsamen Wandrergestalt sodann, die dem Alternden schweifende Jünglingssehnsucht ins Weite
und Fremde erweckt hatte; und der Gedanke an
Heimkehr, an Besonnenheit, Nüchternheit, Mühsal und Meisterschaft, widerte ihn in solchem
Maße, daß sein Gesicht sich zum Ausdruck physischer Übelkeit verzerrte. »Man soll schweigen!«
flüsterte er heftig. Und: »Ich werde schweigen!«
Das Bewußtsein seiner Mitwisserschaft, seiner Mit-
schuld berauschte ihn, wie geringe Mengen Weines
ein müdes Hirn berauschen. Das Bild der heimgesuchten und verwahrlosten Stadt, wüst seinem
Geiste vorschwebend, entzündete in ihm Hoffnungen, unfaßbar, die Vernunft überschreitend, und
von ungeheuerlicher Süßigkeit. Was war ihm das
zarte Glück, von dem er vorhin einen Augenblick
geträumt, verglichen mit diesen Erwartungen?
Was galt ihm noch Kunst und Tugend gegenüber
den Vorteilen des Chaos? Er schwieg und blieb.
In dieser Nacht hatte er einen furchtbaren Traum,
– wenn man als Traum ein körperhaft-geistiges
Erlebnis bezeichnen kann, das ihm zwar im tiefsten Schlaf und in völligster Unabhängigkeit und
sinnlicher Gegenwart widerfuhr, aber ohne daß er
sich außer den Geschehnissen im Raume wan-
delnd und anwesend sah; sondern ihr Schauplatz
war vielmehr seine Seele selbst, und sie brachen
von außen herein, seinen Widerstand – einen tie-

fen und geistigen Widerstand – gewalttätig nieder-
werfend, gingen hindurch und ließen seine Existenz, ließen die Kultur seines Lebens verheert,
vernichtet zurück.

Angst war der Anfang, Angst und Lust und eine
entsetzte Neugier nach dem, was kommen wollte.
Nacht herrschte und seine Sinne lauschten; denn
von weither näherte sich Getümmel, Getöse, ein
Gemisch von Lärm: Rasseln, Schmettern und
dumpfes Donnern, schrilles Jauchzen dazu und ein
bestimmtes Geheul im gezogenen u-Laut, – alles
durchsetzt und grauenhaft süß übertönt von tief
girrendem, ruchlos beharrlichem Flötenspiel,
welches auf schamlos zudringende Art die Einge-
weide bezauberte. Aber er wußte ein Wort, dunkel,
doch das benennend, was kam: »Der fremde
Gott!« Qualmige Glut glomm auf: da erkannte
er Bergland, ähnlich dem um sein Sommerhaus.
Und in zerrissenem Licht, von bewaldeter Höhe,
zwischen Stämmen und moosigen Felstrümmern
wälzte es sich und stürzte wirbelnd herab: Menschen, Tiere, ein Schwarm, eine tobende Rotte, –
und überschwemmte die Halde mit Leibern,
Flammen, Tumult und taumelndem Rundtanz.
Weiber, strauchelnd über zu lange Fellgewänder,
die ihnen vom Gürtel hingen, schüttelten Schellen-
trommeln über ihren stöhnend zurückgeworfenen
Häuptern, schwangen stiebende Fackelbrände

und nackte Dolche, hielten züngelnde Schlangen in der Mitte des Leibes erfaßt oder trugen schreiend ihre Brüste in beiden Händen. Männer, Hörner über den Stirnen, mit Pelzwerk geschürzt und zottig von Haut, beugten die Nacken und hoben Arme und Schenkel, ließen eherne Becken erdröhnen und schlugen wütend auf Pauken, während glatte Knaben mit umlaubten Stäben Böcke stachelten, an deren Hörner sie sich klammerten und von deren Sprüngen sie sich jauchzend schleifen ließen. Und die Begeisterten heulten den Ruf aus weichen Mitlauten und gezogenem u-Ruf am Ende, süß und wild zugleich, wie kein jemals erhörter: – hier klang er auf, in die Lüfte geröhrt, wie von Hirschen, und dort gab man ihn wieder, vielstimmig, in wüstem Triumph, hetzte einander damit zum Tanz und Schleudern der Glieder und ließ ihn niemals verstummen. Aber alles durchdrang und beherrschte der tiefe, lockende Flötenton. Lockte er nicht auch ihn, den widerstrebend Erlebenden, schamlos beharrlich zum Fest und Unmaß des äußersten Opfers? Groß war sein Abscheu, groß seine Furcht, redlich sein Wille, bis zuletzt das Seine zu schützen gegen den Fremden, den Feind des gefaßten und würdigen Geistes. Aber der Lärm, das Geheul, vervielfacht von hallender Bergwand, wuchs, nahm überhand, schwoll zu hinreißendem Wahnsinn. Dünste bedrängten den

composed   dignified

Sinn, der beizende Ruch der Böcke, Witterung
keuchender Leiber und ein Hauch wie von faulen-
den Wassern, dazu ein anderer noch, vertraut:
nach Wunden und umlaufender Krankheit. Mit
den Paukenschlägen dröhnte sein Herz, sein Ge-
hirn kreiste, Wut ergriff ihn, Verblendung, betäubende Wollust, und seine Seele begehrte, sich
anzuschließen dem Reigen des Gottes. Das ob-
szöne Symbol, riesig, aus Holz, ward enthüllt und
erhöht: da heulten sie zügelloser die Losung.
Schaum vor den Lippen tobten sie, reizten einander mit geilen Gebärden und buhlenden Händen,
lachend und ächzend, stießen die Stachelstäbe
einander ins Fleisch und leckten das Blut von den
Gliedern. Aber mit ihnen, in ihnen war der Träu-
mende nun und dem fremden Gotte gehörig. Ja, sie
waren er selbst, als sie reißend und mordend sich
auf die Tiere hinwarfen und dampfende Fetzen
verschlangen, als auf zerwühltem Moosgrund
grenzenlose Vermischung begann, dem Gotte zum
Opfer. Und seine Seele kostete Unzucht und Rase-
rei des Unterganges.
Aus diesem Traum erwachte der Heimgesuchte
entnervt, zerrüttet und kraftlos dem Dämon verfallen. Er scheute nicht mehr die beobachtenden
Blicke der Menschen; ob er sich ihrem Verdacht
aussetze, kümmerte ihn nicht. Auch flohen sie ja,
reisten ab; zahlreiche Strandhütten standen leer,

die Besetzung des Speisesaals wies größere Lücken auf, und in der Stadt sah man selten noch einen Fremden. Die Wahrheit schien durchgesickert, die Panik, trotz zähen Zusammenhaltens der Interessenten, nicht länger hintanzuhalten. Aber die Frau im Perlenschmuck blieb mit den Ihren, sei es, weil die Gerüchte nicht zu ihr drangen, oder weil sie zu stolz und furchtlos war, um ihnen zu weichen: Tadzio blieb; und jenem, in seiner Umfangenheit, war es zuweilen, als könne Flucht und Tod alles störende Leben in der Runde entfernen und er allein mit dem Schönen auf dieser Insel zurückbleiben, – ja, wenn vormittags am Meere sein Blick schwer, unverantwortlich, unverwandt auf dem Begehrten ruhte, wenn er bei sinkendem Tage durch Gassen, in denen verheimlichter Weise das ekle Sterben umging, ihm unwürdig nachfolgte, so schien das Ungeheuerliche ihm aussichtsreich und hinfällig das Sittengesetz.

Wie irgendein Liebender wünschte er, zu gefallen und empfand bittere Angst, daß es nicht möglich sein möchte. Er fügte seinem Anzuge jugendlich aufheiternde Einzelheiten hinzu, er legte Edelsteine an und benutzte Parfums, er brauchte mehrmals am Tage viel Zeit für seine Toilette und kam geschmückt, erregt und gespannt zu Tische. Angesichts der süßen Jugend, die es ihm angetan, ekelte ihn sein alternder Leib; der Anblick seines grauen Haares, seiner scharfen Gesichtszüge stürzte ihn in Scham und Hoffnungslosigkeit. Es trieb ihn, sich körperlich zu erquicken und wiederherzustellen; er besuchte häufig den Coiffeur des Hauses.

Im Frisiermantel, unter den pflegenden Händen des Schwätzers im Stuhle zurückgelehnt, betrachtete er gequälten Blickes sein Spiegelbild.

»Grau«, sagte er mit verzerrtem Munde.

»Ein wenig«, antwortete der Mensch. »Nämlich durch Schuld einer kleinen Vernachlässigung, einer Indifferenz in äußerlichen Dingen, die bei bedeutenden Personen begreiflich ist, die man aber doch nicht unbedingt loben kann und zwar um so weniger, als gerade solchen Personen Vorurteile in Sachen des Natürlichen oder Künstlichen wenig angemessen sind. Würde sich die Sittenstrenge gewisser Leute gegenüber der kosmetischen Kunst logischer Weise auch auf ihre Zähne erstrecken, so würden sie nicht wenig Anstoß erregen. Schließlich sind wir so alt, wie unser Geist, unser Herz sich fühlen, und graues Haar bedeutet unter Umständen eine wirklichere Unwahrheit, als die verschmähte Korrektur bedeuten würde. In Ihrem Falle, mein Herr, hat man ein Recht auf seine natürliche Haarfarbe. Sie erlauben mir, Ihnen die Ihrige einfach zurückzugeben?«

»Wie das?« fragte Aschenbach.

Da wusch der Beredte das Haar des Gastes mit
zweierlei Wasser, einem klaren und einem dunk-
len, und es war schwarz wie in jungen Jahren. Er
bog es hierauf mit der Brennschere in weiche Lagen, trat rückwärts und musterte das behandelte
Haupt.

»Es wäre nun nur noch«, sagte er, »die Gesichts-
haut ein wenig aufzufrischen.«

Und wie jemand, der nicht enden, sich nicht ge-
nugtun kann, ging er mit immer neu belebter Ge-
schäftigkeit von einer Hantierung zur anderen
über. Aschenbach, bequem ruhend, der Abwehr
nicht fähig, hoffnungsvoll erregt vielmehr von
dem, was geschah, sah im Glase seine Brauen sich
entschiedener und ebenmäßiger wölben, den
Schnitt seiner Augen sich verlängern, ihren Glanz
durch eine leichte Untermalung des Lides sich
heben, sah weiter unten, wo die Haut bräunlich-
ledern gewesen, weich aufgetragen, ein zartes
Karmin erwachen, seine Lippen, blutarm soeben
noch, himbeerfarben schwellen, die Furchen der
Wangen, des Mundes, die Runzeln der Augen
unter Crème und Jugendhauch verschwinden, –
erblickte mit Herzklopfen einen blühenden Jüngling. Der Kosmetiker gab sich endlich zufrieden,
indem er nach Art solcher Leute dem, den er bedient hatte, mit kriechender Höflichkeit dankte.
»Eine unbedeutende Nachhilfe«, sagte er, indem

er eine letzte Hand an Aschenbachs Äußeres legte.
»Nun kann der Herr sich unbedenklich verlieben.«
Der Berückte ging, traumglücklich, verwirrt und
furchtsam. Seine Kravatte war rot, sein breitschat-
tender Strohhut mit einem mehrfarbigen Bande
umwunden.

Lauwarmer Sturmwind war aufgekommen; es
regnete selten und spärlich, aber die Luft war
feucht, dick und von Fäulnisdünsten erfüllt. Flat-
tern, Klatschen und Sausen umgab das Gehör, und
dem unter der Schminke Fiebernden schienen
Windgeister üblen Geschlechts im Raume ihr Wesen zu treiben, unholdes Gevögel des Meeres, das
des Verurteilten Mahl zerwühlt, zernagt und mit
Unrat schändet. Denn die Schwüle wehrte der Eß-
lust, und die Vorstellung drängte sich auf, daß die
Speisen mit Ansteckungsstoffen vergiftet seien.

Auf den Spuren des Schönen hatte Aschenbach
sich eines Nachmittags in das innere Gewirr der
kranken Stadt vertieft. Mit versagendem Ortssinn,
da die Gäßchen, Gewässer, Brücken und Plätz-
chen des Labyrinthes zu sehr einander gleichen,
auch der Himmelsgegenden nicht mehr sicher, war
er durchaus darauf bedacht, das sehnlich verfolgte
Bild nicht aus den Augen zu verlieren, und, zu
schmählicher Behutsamkeit genötigt, an Mauern
gedrückt, hinter dem Rücken Vorangehender
Schutz suchend, ward er sich lange nicht der Mü-

digkeit, der Erschöpfung bewußt, welche Gefühl und immerwährende Spannung seinem Körper, seinem Geiste zugefügt hatten. Tadzio ging hinter den Seinen, er ließ der Pflegerin und den nonnenähnlichen Schwestern in der Enge gewöhnlich den Vortritt, und einzeln schlendernd wandte er zuweilen das Haupt, um sich über die Schulter hinweg der Gefolgschaft seines Liebhabers mit einem Blick seiner eigentümlich dämmergrauen Augen zu versichern. Er sah ihn und er verriet ihn nicht. Berauscht von dieser Erkenntnis, von diesen Augen vorwärts gelockt, am Narrenseile geleitet von der Passion, stahl der Verliebte sich seiner unziemlichen Hoffnung nach – und sah sich schließlich dennoch um ihren Anblick betrogen. Die Polen hatten eine kurz gewölbte Brücke überschritten, die Höhe des Bogens verbarg sie dem Nachfolgenden, und seinerseits hinaufgelangt, entdeckte er sie nicht mehr. Er forschte nach ihnen in drei Richtungen, geradeaus und nach beiden Seiten den schmalen und schmutzigen Quai entlang, vergebens. Entnervung, Hinfälligkeit nötigten ihn endlich, vom Suchen abzulassen.

Sein Kopf brannte, sein Körper war mit klebrigem Schweiß bedeckt, sein Genick zitterte, ein nicht mehr erträglicher Durst peinigte ihn, er sah sich nach irgendwelcher, nach augenblicklicher Labung um. Vor einem kleinen Gemüseladen kaufte

er einige Früchte, Erdbeeren, überreife und weiche Ware, und aß im Gehen davon. Ein kleiner
Platz, verlassen, verwunschen anmutend, öffnete
sich vor ihm, er erkannte ihn, es war hier gewesen,
wo er vor Wochen den vereitelten Fluchtplan gefaßt hatte. Auf den Stufen der Zisterne, inmitten
des Ortes, ließ er sich niedersinken und lehnte den
Kopf an das steinerne Rund. Es war still, Gras
wuchs zwischen dem Pflaster, Abfälle lagen umher. Unter den verwitterten, unregelmäßig hohen
Häusern in der Runde erschien eines palastartig,
mit Spitzbogenfenstern, hinter denen die Leere
wohnte, und kleinen Löwenbalkonen. Im Erdgeschoß eines anderen befand sich eine Apotheke.
Warme Windstöße brachten zuweilen Karbolge-
ruch.

Er saß dort, der Meister, der würdig gewordene
Künstler, der Autor des »Elenden«, der in so vor-
bildlich reiner Form dem Zigeunertum und der
trüben Tiefe abgesagt, dem Abgrunde die Sympathie gekündigt und das Verworfene verworfen
hatte, der Hochgestiegene, der, Überwinder seines
Wissens und aller Ironie entwachsen, in die Verbindlichkeiten des Massenzutrauens sich gewöhnt
hatte, er, dessen Ruhm amtlich, dessen Name ge-
adelt war und an dessen Stil die Knaben sich zu bilden angehalten wurden, – er saß dort, seine Lider
waren geschlossen, nur zuweilen glitt, rasch sich

wieder verbergend, ein spöttischer und betretener Blick seitlich darunter hervor, und seine schlaffen Lippen, kosmetisch aufgehöht, bildeten einzelne Worte aus von dem, was sein halb schlummerndes Hirn an seltsamer Traumlogik hervorbrachte.

»Denn die Schönheit, Phaidros, merke das wohl, nur die Schönheit ist göttlich und sichtbar zugleich, und so ist sie denn also des Sinnlichen Weg, ist, kleiner Phaidros, der Weg des Künstlers zum Geiste. Glaubst du nun aber, mein Lieber, daß derjenige jemals Weisheit und wahre Manneswürde gewinnen könne, für den der Weg zum Geistigen durch die Sinne führt? Oder glaubst du vielmehr (ich stelle dir die Entscheidung frei), daß dies ein gefährlich-lieblicher Weg sei, wahrhaft ein Irr- und Sündenweg, der mit Notwendigkeit in die Irre leitet? Denn du mußt wissen, daß wir Dichter den Weg der Schönheit nicht gehen können, ohne daß Eros sich zugesellt und sich zum Führer aufwirft; ja, mögen wir auch Helden auf unsere Art und züchtige Kriegsleute sein, so sind wir wie Weiber, denn Leidenschaft ist unsere Erhebung, und unsere Sehnsucht muß Liebe bleiben, – das ist unsere Lust und unsere Schande. Siehst du nun wohl, daß wir Dichter nicht weise noch würdig sein können? Daß wir notwendig in die Irre gehen, notwendig liederlich und Abenteurer des Gefühles bleiben? Die Meisterhaltung unseres Stiles ist Lüge und

Narrentum, unser Ruhm und Ehrenstand eine
Posse, das Vertrauen der Menge zu uns höchst lächerlich, Volks- und Jugenderziehung durch die
Kunst ein gewagtes, zu verbietendes Unternehmen. Denn wie sollte wohl der zum Erzieher taugen, dem eine unverbesserliche und natürliche
Richtung zum Abgrunde eingeboren ist? Wir
möchten ihn wohl verleugnen und Würde gewinnen, aber wie wir uns auch wenden mögen, er zieht
uns an. So sagen wir etwa der auflösenden Erkenntnis ab, denn die Erkenntnis, Phaidros, hat
keine Würde und Strenge; sie ist wissend, verste-
hend, verzeihend, ohne Haltung und Form; sie hat
Sympathie mit dem Abgrund, sie ist der Abgrund.
Diese also verwerfen wir mit Entschlossenheit,
und fortan gilt unser Trachten einzig der Schönheit, das will sagen der Einfachheit, Größe und
neuen Strenge, der zweiten Unbefangenheit und
der Form. Aber Form und Unbefangenheit, Phaidros, führen zum Rausch und zur Begierde, führen
den Edlen vielleicht zu grauenhaftem Gefühlsfre-
vel, den seine eigene schöne Strenge als infam ver-
wirft, führen zum Abgrund, zum Abgrund auch
sie. Uns Dichter, sage ich, führen sie dahin, denn
wir vermögen nicht, uns aufzuschwingen, wir vermögen nur auszuschweifen. Und nun gehe ich,
Phaidros, bleibe du hier; und erst wenn du mich
nicht mehr siehst, so gehe auch du.«

Einige Tage später verließ Gustav von Aschenbach, da er sich leidend fühlte, das Bäder-Hotel zu späterer Morgenstunde, als gewöhnlich. Er hatte mit gewissen, nur halb körperlichen Schwindelanfällen zu kämpfen, die von einer heftig aufsteigenden Angst begleitet waren, einem Gefühl der Ausweg- und Aussichtslosigkeit, von dem nicht klar wurde, ob es sich auf die äußere Welt oder auf seine eigene Existenz bezog. In der Halle bemerkte er eine große Menge zum Transport bereitliegenden Gepäcks, fragte einen Türhüter, wer es sei, der reise, und erhielt zur Antwort den polnischen Adelsnamen, dessen er insgeheim gewärtig gewesen war. Er empfing ihn, ohne daß seine verfallenen Gesichtszüge sich verändert hätten, mit jener kurzen Hebung des Kopfes, mit der man etwas, was man nicht zu wissen brauchte, beiläufig zur Kenntnis nimmt, und fragte noch: »Wann?« Man antwortete ihm: »Nach dem Lunch.« Er nickte und ging zum Meere.

Es war unwirtlich dort. Über das weite, flache Gewässer, das den Strand von der ersten gestreckten Sandbank trennte, liefen kräuselnde Schauer von vorn nach hinten. Herbstlichkeit, Überlebtheit schien über dem einst so farbig belebten, nun fast verlassenen Lustorte zu liegen, dessen Sand nicht mehr reinlich gehalten wurde. Ein photographischer Apparat, scheinbar herrenlos, stand auf sei-

nem dreibeinigen Stativ am Rande der See, und
ein schwarzes Tuch, darüber gebreitet, flatterte
klatschend im kälteren Winde.

Tadzio, mit drei oder vier Gespielen, die ihm geblieben waren, bewegte sich zur Rechten vor der
Hütte der Seinen, und, eine Decke über den Knien,
etwa in der Mitte zwischen dem Meer und der
Reihe der Strandhütten in seinem Liegestuhl ruhend, sah Aschenbach ihm noch einmal zu. Das
Spiel, das unbeaufsichtigt war, denn die Frauen
mochten mit Reisevorbereitungen beschäftigt
sein, schien regellos und artete aus. Jener Stäm-
mige, im Gürtelanzug und mit schwarzem, poma-
disiertem Haar, der »Jaschu« gerufen wurde,
durch einen Sandwurf ins Gesicht gereizt und geblendet, zwang Tadzio zum Ringkampf, der rasch
mit dem Fall des schwächeren Schönen endete.
Aber als ob in der Abschiedsstunde das dienende
Gefühl des Geringeren sich in grausame Roheit
verkehre und für eine lange Sklaverei Rache zu
nehmen trachte, ließ der Sieger auch dann noch
nicht von dem Unterlegenen ab, sondern drückte,
auf seinem Rücken kniend, dessen Gesicht so anhaltend in den Sand, daß Tadzio, ohnedies vom
Kampf außer Atem, zu ersticken drohte. Seine
Versuche, den Lastenden abzuschütteln, waren
krampfhaft, sie unterblieben auf Augenblicke
ganz und wiederholten sich nur noch als ein Zuk-

ken. Entsetzt wollte Aschenbach zur Rettung auf-
springen, als der Gewalttätige endlich sein Opfer
freigab. Tadzio, sehr bleich, richtete sich zur
Hälfte auf und saß, auf einen Arm gestützt, mehrere Minuten lang unbeweglich, mit verwirrtem
Haar und dunkelnden Augen. Dann stand er vollends auf und entfernte sich langsam. Man rief ihn,
anfänglich munter, dann bänglich und bittend; er
hörte nicht. Der Schwarze, den Reue über seine
Ausschreitung sogleich erfaßt haben mochte, holte
ihn ein und suchte ihn zu versöhnen. Eine Schul-
terbewegung wies ihn zurück. Tadzio ging schräg
hinunter zum Wasser. Er war barfuß und trug seinen gestreiften Leinenanzug mit roter Schleife.
Am Rande der Flut verweilte er sich, gesenkten
Hauptes mit einer Fußspitze Figuren im feuchten
Sande zeichnend, und ging dann in die seichte
Vorsee, die an ihrer tiefsten Stelle noch nicht seine
Knie benetzte, durchschritt sie, lässig vordrin-
gend, und gelangte zur Sandbank. Dort stand er
einen Augenblick, das Gesicht der Weite zuge-
kehrt, und begann hierauf, die lange und schmale
Strecke entblößten Grundes nach links hin langsam abzuschreiten. Vom Festlande geschieden
durch breite Wasser, geschieden von den Genossen
durch stolze Laune, wandelte er, eine höchst abgesonderte und verbindungslose Erscheinung, mit
flatterndem Haar dort draußen im Meere, im

Winde, vorm Nebelhaft-Grenzenlosen. Abermals
blieb er zur Ausschau stehen. Und plötzlich, wie
unter einer Erinnerung, einem Impuls, wandte er
den Oberkörper, eine Hand in der Hüfte, in schöner Drehung aus seiner Grundpositur und blickte
über die Schulter zum Ufer. Der Schauende dort
saß, wie er einst gesessen, als zuerst, von jener
Schwelle zurückgesandt, dieser dämmergraue
Blick dem seinen begegnet war. Sein Haupt war an
der Lehne des Stuhles langsam der Bewegung des
draußen Schreitenden gefolgt; nun hob es sich,
gleichsam dem Blicke entgegen, und sank auf die
Brust, so daß seine Augen von unten sahen, indes
sein Antlitz den schlaffen, innig versunkenen Ausdruck tiefen Schlummers zeigte. Ihm war aber, als
ob der bleiche und liebliche Psychagog dort draußen ihm lächle, ihm winke; als ob er, die Hand
aus der Hüfte lösend, hinausdeute, voranschwebe
ins Verheißungsvoll-Ungeheure. Und, wie so oft,
machte er sich auf, ihm zu folgen.

Minuten vergingen, bis man dem seitlich im Stuhle
Hinabgesunkenen zu Hilfe eilte. Man brachte ihn
auf sein Zimmer. Und noch desselben Tages empfing eine respektvoll erschütterte Welt die Nach-
richt von seinem Tode.

Thomas Mann
Über mich selbst
Autobiographische Schriften
Band 12389

Umfassen die Jahre von 1875 bis 1955, Thomas Manns Zeit, auch eine wahrhaft schicksalhafte Epoche der deutschen Geschichte, so hatte er doch eine »Abneigung gegen die Autobiographie« als ein geschlossenes, sein Leben nacherzählendes Buch. Er brauchte sie nicht, hat er sich selbst doch derart in all sein Schreiben eingebracht, daß man bei ihm mit gutem Recht von einer Identität von Werk und Person sprechen kann.

Darüber hinaus hat er, wenn der Tag und die Stunde es erforderten, bereitwillig Auskunft gegeben über sich selbst, selten als Skizze seines Lebenslaufs, eher in Form eines weitgefächerten Vortrags oder Essays, als Erlebnis- oder Reisebericht, in Vignetten und Episoden von Angehörigen und Freunden, in Beantwortung von Rundfragen über die Voraussetzungen für seine Arbeit, über sein Verhältnis zu Religion, Musik oder zur Psychoanalyse.

Thomas Mann verstand sich zeitlebens als kultureller Repräsentant seiner Zeit. Mit seinen Äußerungen über sich selbst gab er beredtes Zeugnis von der geistigen Lebensform seiner Generation.

Fischer Taschenbuch Verlag

Thomas Mann

Fischer Taschenbuch Verlag

fi 555 042 / 1

Thomas Mann
Sämtliche Erzählungen

Der Wille zum Glück
und andere Erzählungen
1893 – 1903
Band 9439

Schwere Stunde
und andere Erzählungen
1903 – 1912
Band 9440

Unordnung und frühes Leid
und andere Erzählungen
1919 – 1930
Band 9441

Die Betrogene
und andere Erzählungen
1940 – 1953
Band 9442

Fischer Taschenbuch Verlag

fi 666008 / 1

Thomas Mann
Große kommentierte Frankfurter Ausgabe
Werke – Briefe – Tagebücher
Herausgegeben von Heinrich Detering,
Eckhard Heftrich, Hermann Kurzke, Terence J. Reed,
Thomas Sprecher, Hans R. Vaget und Ruprecht Wimmer
in Zusammenarbeit mit dem
Thomas-Mann-Archiv der ETH Zürich

Die auf 38 Bände angelegte Edition wird zum ersten Mal
das gesamte Werk, eine umfangreiche Auswahl der Briefe
und die Tagebücher in einer wissenschaftlich fundierten
und ausführlich kommentierten Leseausgabe zugänglich
machen. Nähere Informationen erhalten Sie in Ihrer Buch-
handlung oder unter www.thomasmann.de

> »... denn es ist ein Irrtum, zu glauben,
> der Autor selbst sei der beste Kenner und
> Kommentator seines eigenen Werkes.«
> *Thomas Mann*

S. Fischer

fi 555 018 / 3